Y+

473

LA
CLARIMONDE

à Balthasar

DE BARO

DEDIÉE

A LA REYNE.

A PARIS,

ANTOINE DE SOMMAVILLE, en la Salle
des Merciers, à l'Escu de France.

ET

Chez { AVGVSTIN COVRBE', dans la mesme } au Palais.
Salle, à la Palme.

M. DC. XLIII.

AVEC PRIVILEGE DV ROY.

A LA REYNE
ANNE D'AVSTRICHE.

 A D A M E,

Si Clarimonde se va jetter à vos pieds, ce n'est pas tant pour implorer la protection de Vostre Majesté contre les attaques de l'enuie, que pour vous rendre tres-humbles graces de l'accueil qu'elle eust autrefois l'honneur d'en receuoir, & de la fauorab'e attention que vous daignastes prester au recit que ie vous fis de ses auantures. Que s'il plaist à Vostre Majesté de jetter sur elle quelques regards seulement, j'ose me pro-

mettre que cette Princeſſe , pour eſtre
moins ieune de quelques mois, ne luy pa-
roiſtra pas moins belle , & que les meſmes
traits qui purent alors donner quelque ſa-
tisfaction à vos oreilles pourront encore
aujourd'huy donner quelque contentement à vos yeux. Ie ſçay bien, MADAME,
que ſon Deſtin la ſouſmet à la neceſſité de
courir tout le monde, mais ce qui la con-
ſole dans cet accident qu'elle ne peut éuiter, c'eſt que dans tous les climats où l'on
voudra la forcer d'ouurir la bouche, elle
ne parlera jamais de ſa fortune, ſans auoir
parlé des merites de Voſtre Majeſté,& ſans
auoir publié hautement, que ſi la Terre n'a-
uoit point de Couronnes qui ne puſſent
eſtre le prix de voſtre naiſſance, le Ciel n'en
a point qui ne doiue eſtre le prix de voſtre
vertu. En effet, MADAME, comme ſi
c'eſtoit renfermer voſtre bonté dans des
limites trop eſtroites que de ne la mettre
qu'au deſſus des perſonnes qui tiennent vn
ſuperbe rang, ou veut que vous triom-
phiez generalement de tout voſtre ſexe:

Et ce n'eſt pas aſſez de dire que vous eſtes la
meilleure Princeſſe qui fut jamais, ſi l'on n'y
ajouſte en meſme temps que vous eſtes la
meilleure de toutes les femmes. Cette qua-
lité toutefois n'eſt pas la ſeule qui vous fait
eſtimer, ell'eſt accompagnée des plus hau-
tes perfections dont vne ame puiſſe eſtre
enrichie; & de quelques beautez que vous
ſoyez redeuable au Sang dont vous auez
tiré voſtre origine, on remarque aiſément
que les auantages que vous poſſedez doiuent eſtre nommez des effets de voſtre
eſprit, auſſi-bien que des preſans de la Nature. Parmy ceux-là, MADAME, voſtre
inſigne pieté doit eſtre particulierement
conſiderée: auſſi voyons-nous bien que
c'eſt à elle que le Ciel a eſté comme forcé
de ſe rendre, & que pour accomplir les
vœux que nous auons meſlez durant ſi
long-temps aux prieres de Voſtre Majeſté,
il a fallu qu'il ait donné à la France deux
Princes qui doiuent ſans doute apres auoir
eſté les ſujets de ſa joye, eſtre les appuys de
ſa grandeur. I'eſpere, MADAME, que

EPISTRE.

ces nouueaux Astres ne brilleront pas d'v-
ne moindre splédeur que ceux qui leur ont
communiqué la lumiere; au contraire, ie
suis asîuré que ces Princes, nez d'vn Monarque aussi Iuste que Puissant, & d'vne
Reine aussi Sage que Belle, ne conseruë-
ront pas seulement cet Empire dans l'Estat
florissant où nous le voyons, mais qu'ils
enrichiront nos Fleurs de Lys des dépoüil-
les du Croissant, & mesleront leurs victoires aux fameux lauriers que nous auons autrefois cueillis sur les Infidelles. En atten-
dant, MADAME, que l'ordre des temps
presente aux yeux de Vostre Majesté l ordre des miracles qu'ils doiuent produire, ie
la supplie auec humilité de pardonner à la
hardiesse que j'ay prise de luy consacrer cet
Ouurage, & de croire que ie n'ay jamais eu
de plus glorieuse ny de plus forte passion
que d'estre,

MADAME, de Vostre Majesté,

Tres-humble, tres-obeïssant
& tres-fidelle subiet
& seruiteur,
BARO.

Extraict du Priuilege du Roy.

PAR grace & Priuilege du Roy, donné à Paris le 8. iour de Iuillet 1642. signé par le Roy en son Conseil MATHAREL, il est permis à BALTHASAR BARO de faire imprimer vne piece de Theatre de sa composition, intitulée *CLARIMONDE*, durant l'espace de cinq ans. Et défenses à tous autres d'en vendre ou distribuer sinon ceux qui auront droit de luy, sur les peines portées par ledit Priuilege.

ET ledit sieur BARO a cedé & transporté le present Priuilege à Antoine de Sommauille & Augustin Courbé Marchands Libraires à Paris, pour en joüir selon sa teneur, ainsi qu'il a esté accordé entr'eux.

Acheué d'imprimer le 23. Fevrier 1643.

ACTEVRS.

CLARIMONDE, prisonniere d'Almazan, & fille de Solimont.

LYDIANE, confidente de Clarimonde.

ALMAZAN, Roy d'Alger.

SOLIMONT, Roy de Thunis.

ALCANDRE, fauory d'Almazan.

MELIDOR, General d'armée.

ARGIRAN, confident d'Almazan.

LYCAS, Page.

Chefs de l'armée d'Almazan.

LA SCENE EST
Proche d'Alger dans vne maison de plaisance.

LA

LA
CLARIMONDE.
ACTE I.
SCENE PREMIERE
CLARIMONDE. LYDIANE.
CLARIMONDE.

Ah ne t'oppose plus au torrent de mes larmes,
Contre mes desplaisirs ie n'ay plus d'au-
    tres armes,
    Lydiane c'est trop, tes soings officieux
Gesnent esgalement mon esprit & mes yeux;
Dans l'horrible transport qui me presse à toute
    heure,
Si ie ne puis mourir, souffre au moins que ie pleure.

LYDIANE.

Mais comment les souffrir ces pleurs que vous
    versez.

A

Contraste insuffisant

NF Z 43-120-14

Puis qu'ils font vne iniure aux traits dont vous
    blessez ?
Et destruisent en vous, par vn trop long vsage,
La force de l'esprit & celle du visage ?

CLARIMONDE.

Leur source toutefois n'est pas preste à finir,
Trop de fascheux sujets viennent l'entretenir ;
Considere a quel poinct la fortune me braue
Si Thunis me vid libre, Alger me void esclaue,
Mais esclaue d'vn Roy lasche, iniuste, brutal,
Et de nostre couronne ennemy capital ;
Almazan ! ah ce nom me fait fremir de crainte.

LYDIANE.

Pourquoy le nommez vous ?

CLARIMONDE.

        Helas i'y suis contrainte,
Peut-estre en   roment nos Estats desolez
Sont auecque mon pere à sa hayne immolez :
Si le traistre a forcé nos armes legitimes,
Combien à ses forfaits va-t'il joindre de crimes,
Que ne commettra point sa barbare fureur ?
D'y penser seulement ie frissonne d'horreur.

LYDIANE.

Chaſſez de voſtre eſprit ces funeſtes images,
Les Dieux & Solimont vangeront les outrages
Dont enuers voſtre ſang le Tyran s'eſt noircy,
Il perdra la bataille.

CLARIMONDE.

Et bien qu'il ſoit ainſi,
Que ne faut-il pas craindre en l'eſtat où nous ſom-
mes?
Croy que ce Roy d'Alger, le plus meſchant des
hommes,
Voudra boire mon ſang pour eſtre remplacé
De celuy qu'au combat ſon corps aura verſé.

LYDIANE.

S'il arreſte ſes yeux ſur l'eſclat de vos charmes,
Loing de vouloir du ſang il donnera des larmes,
Il n'y peut qu'oppoſer des efforts ſuperflus.

CLARIMONDE.

C'eſt ce que ie meſpriſe, & que ie crains le plus,
Si ie croyois toucher ce Monſtre de noſtre aage
Sur mes coupables yeux i'exercerois ma rage,
Et ma main préuenant des mal-heurs eternels,
Eſteindroit aujourd huy ces flambeaux criminels.

4 LA CLARIMONDE.

LYDIANE.

Ce cruel attentat offenseroit Alcandre,
Vous l'aymez.

CLARIMONDE.

Il est vray, ie n'ay pû m'en deffendre,
Dés que ce ieune Mars parut dans nostre Cour,
Mon ame jusqu'alors insensible à l'amour
Apprit l'art des souspirs & l'usage des larmes,
En effet si mes yeux ont pour luy quelques charmes,
L'esclat de ses vertus a pour moy tant d'appas,
Que ie voudrois me perdre ou ne le perdre pas.

LYDIANE.

Toutesfois estre Reine est vn grand auantage.

CLARIMONDE.

Pour acquerir vn sceptre Alcandre a du courage,
Cet Amant genereux autant que fortuné
Pour mille exploits guerriers a le front couronné,
Et s'il faut qu'il soit Roy pour faire que ie l'ayme
Ses superbes lauriers seront son diadesme.

LYDIANE.

Il combat contre vous, est-ce vn trait d'amitié?

CLARIMONDE.

C'est en quoy son destin est digne de pitié,
Il tasche toutefois d'accorder dans son ame
Les Maximes d'Estat, & celles de sa flame;
Et sçais-tu ce qu'il fait dãs l'horreur des combats?
Il presente le coup, mais il retient le bras,
Et son cœur amoureux, où la pitié commande,
Craint de gagner vn prix que sa gloire demande.

LYDIANE.

Cette estroitte vnion contractée entre vous
A fait des enuieux ou plustost des jaloux,
Melidor en ressent des attaintes mortelles.

CLARIMONDE.

Taisons nous, il approche, & bien, quelles nouuelles
Melidor respondez?

A 3

SCENE II.

MELIDOR. CLARIMONDE. LYDIANE.

MELIDOR.

*M*Adame pleuft aux Cieux
Qu'en ce moment ie fuffe ou fans voix ou fans yeux,
Sans yeux, pour eftre exempt de l'ardeur violente,
Qui pareux dans mon fein d'heure en heure s'au-
    gmente;
Et fans voix, pour couurir fans eftre criminel
Vos malheurs & les miens d'vn filence eternel.

CLARIMONDE.

Vous n'en dittes que trop, les Dieux contre mon pere
Ont fans doute l'ancé les traits de leur colere,
Solimont ne vit plus, & ie doibs l'imiter.

MELIDOR.

La raifon vous deffend de rien precipiter,
Solimont void le iour, mais l'aueugle fortune

A rendu sa disgrace à la vostre commune,
Mesme sang, mesme sort.

CLARIMONDE.

Mesme sort, mesmes fers,
Le Ciel n'est point lassé des maux que i'ay soufferts!
Donc sa rigueur fatale à tout ce que i'espere,
Adiouste à ma prison la prison de mon pere?
Solimont est captif & ce Roy genereux
A flechy soubs le joug d'vn Prince plus heureux?
O sort iniurieux! ô fille infortunée!

MELIDOR.

On combat vainement contre sa destinée,
Solimont assailli, quelquefois assaillant,
A fait ce que peut faire vn Chef sage & vaillant,
Prudence toutefois, addresse, ny courage
N'ont pû le garentir de ce dernier outrage.
Mais sans vous consommer en regrets superflus
Songez à l'interest qui vous touche le plus,
Madame vos mal-heurs ne sont point sans res-
    source,
Si des maux que ie sens vous arrestez la course,
Assez depuis long-temps mes soings vous ont fait
    voir
Les marques de ma flame & de vostre pouuoir,
Et si vostre beauté qui void ma seruitude

Me traitte sans mespris & sans ingratitude,
Ie sçauray vous tirer du gouffre dangereux
Où vous iette l'aspect d'vn Astre mal heureux.
Vous sçauez mon pouuoir, & combien dans l'armée
Mon nom est redoutable & ma charge estimée,
Ainsi que les soldats, les Chefs les plus fameux
Font gloire d'obeyr à tout ce que ie veux.
Nous fuyrons vous & moy loing de cette contrée,
Et qui de vos Estats nous deffendra l'entrée
Esprouuera l'effort d'vn courroux allumé,
Et d'vn bras dés l'enfance a vaincre accoustumé :
Ie quitteray pour vous, parents, Prince & patrie,
Rien ne paroit iniuste a mon Idolatrie
Vous plaire est mon desir, & pour vous assister
Ie puis tout entreprendre & tout executer.

CLARIMONDE.

Le bien que vous m'offrez est vn bien inutile,
Où mon pere n'est point trouuerois-je vn Azyle?
Non, ie n'en cherche plus, ma gloire est de perir,
Et le bien où i'aspire est celuy de mourir.

MELIDOR.

L'occasion est chaune, & c'est estre bien sage,
Quand elle vient s'offrir de la mettre en vsage.
Madame pensez y,

CLARI.

CLARIMONDE.

Le conseil en est pris.

MELIDOR.

Ce conseil n'est donné que par vostre mespris,

CLARIMONDE.

Nullement.

MELIDOR·

C'est assez ie voy clair, dans vostre ame,
Ie cognois quel secours vostre bouche reclame
Alcandre, mais sans doute au bruit, que nous
oyons,
C'est Almazan qui vient.

CLARIMONDE.

Lydiane fuyons,
Et si pour nostre bien quelque desir nous reste,
Cachons nous pour iamais à cet obiet funeste.

SCENE III.

ALMAZAN, SOLIMONT,

ALCANDRE, MELIDOR.

ALMAZAN.

ENfin i'ay fceu ranger foubs le ioug de mesloix
Ce Monarque infolent attaqué tant de fois,
I'ay dompté fon orgueil, & caché foubs les herbes
La pompe & la beauté de fes Pallais fuperbes.
Regarde Solimont où le fort t'a reduit,
De ta prefomption ta deffaitte eft le fruit,
Et ces chaifnes foubs qui te veux que tu gemiffes
Sont le prix de ta haine & de tes iniuftices.

SOLIMONT.

Ceffe de me noircir de tes propres forfaits,
Et mefnage les biens qu'vne aueugle ta faits,
Il ne faut qu'vn moment, & qu'vn tour de fa rouë
Pour te precipiter du trofne dans la bouë.
Souuent les plus beaux iours ont de fafcheufes
    nuits,
Songe à ce que ie fus, & voy ce que ie fuis,
Mefme fort te regarde, & le Dieu des batailles
Peut mefler ton triomphe auec tes funerailles.

ALMAZAN.

I'auray cet auantage & ce contentement
Que iamais Solimont n'en fera l'instrument,
Sa perte pour le moins deuancera la mienne.

SOLIMONT.

N'importe de quel bras ta disgrace prouienne,
Puisqu'en l'aduersité que mon ame ressent
On void que le coupable opprime l'innocent
Croy que ta tyrannie, en mal-heurs si feconde,
Armera contre toy tout le reste du monde.

ALMAZAN.

Si ton malheur present ne l'en peut retenir
I ay dequoy me deffendre & dequoy le punir,
Cepandant tu, mourras innocent ou coupable.

SOLIMONT.

Le trespas le plus rude & le plus effroyable
Ne sçauroit m'estonner, mon courage constant
Loing de le redouter le desire & l'attend ;
Descharge hardiment ta hayne & ta colere,
Acheue le dessin de la fille & du pere,
Et couure cette horreur d'vn pretexte apparent
En l'estat où ie suis tout m'est indifferent.

B iij

ALMAZAN.

Indifferent ou non ta mort est asseuree,
Mon cœur l'a resolue, & ma voix l'a iuree
Emmenez le soldats & qu'on le garde bien,
Car vostre propre sang me respondra du sien.
Cependant cher Alcandre il faut que ie confesse
Que ie dois mon salut à ta seule proüesse,
Ton insigne valeur a sauué mes subjets,
Et de cet ennemy confondu les proiects.
Le seul bruit de ta gloire & de ta renommee
Va forcer tout le monde à craindre cette armee,
Et ie croy iustement que pour tes faits guerriers
La terre desormais manquera de lauriers :
Donc apres des exploits si remplis de merueilles,
Apres tant de combats, de sueurs, & de veilles,
Compagnon de mon sort ie ne veux plus penser
Qu'à trouuer les moyens de te recompenser.

ALCANDRE.

Sire ie ne sçaurois sans me rendre coupable
Du tiltre d'impudent, ou bien d'insatiable,
Desirer quelque chose au delà des bien-faits
Dont vostre bienueillance a comblé mes souhaits,
Au contraire ie crains que le Ciel ne s'irrite
De voir que ma fortune excede mon merite,
Et que par vos faueurs ie tienne aupres de vous

*Vn lieu dont les plus grands ont droit d'estre ia-
loux.*

ALMAZAN.

*Ie sçay que le pouuoir que ma faueur te donne
En mille occasions t'esgale à ma personne,
Mais quoy que la fortune ait voulu t'esleuer
Où nul autre que toy ne sçauroit arriuer ,
Ce qu'ell'a fait pour toy n'est que trop peu de chose
Fay de nouueaux souhaits.*

ALCANDRE.

Grand Monarque ie n'ose.

ALMAZAN.

*Tu n'oses! quel suiect pourroit t'en retenir ?
Tu peux tout desirer pouuant tout obtenir.*

ALCANDRE.

*Prince dont le courage est craint par tout le monde,
I'ay suiuy vos destins sur la terre & sur l'onde ,
Et de tant de soldats qui viuent soubs vos loix
Nul ne peut mieux que moy parler de vos exploits ;
I'ay veu vos actions depuis l'heure premiere
Que tout plein de sueur & couuert de poußiere
Vous auez commencé de tenter les hazards ,
Et de couurir de morts les campagnes de Mars ;*

B iij

Mon ame cependant d'interest despouillée,
D'aucune auare faim ne fut iamais souillée,
Et si de quelque chose on n'a pu l'assouuir,
C'est de la passion qu'elle a de vous seruir.
Que si par vos bontez, dignes qu'on les adore
Ie puis de quelque bien vous requerir encore,
Ie ne demande pas la despoü̈lle des morts,
Vos graces m'ont comble d'honneurs & de tresors,
Mon vnique souhait, ah penser temeraire
Pardonnez, moy grand Prince vn tyran me fait
    taire.

ALMAZAN.

Quel tyran?

ALCANDRE.

        Le respect, ce fascheux ennemy
Ne me laisse exhaler ma flame qu'à demy
Clarimonde en vn mot que i'ayme & que i'adore
Est le iuste suiect pour qui ie vous implore,
Nous sommes deux captifs soubs de diuers liens,
Son corps est dans vos fers, mon ame est dans les
    siens,
Et quand cette beauté qui vous est asseruie
Deuroit causer ma mort, ie demande sa vie.
Assez de vos fureurs les tonnerres lancez,
Ont vangé le courroux de vos Dieux offensez.

Son pere sent l'effort de la main qui le braue,
Ses peuples sont vaincus, elle mesme est esclaue,
Que voulez vous de plus ? il est temps d'arrester
Le coup que voftre haine eft prefte a luy porter:
Meflant a la iuftice vn acte de clemence,
D'vne illuftre Princeffe efpargnez l'innocence,
Grand Roy ie vous en prie, & ie ne veux ceffer
De baifer vos genoux, & de les embrazer
Iufqu'a tant.

ALMAZAN.

C'eft affez, leue toy cher Alcandre,
Tu fçais qu'à tes defirs ie ne puis rien deffendre,
Mais contente en ce poinct mon efprit curieux
Depuis quand reffens-tu le pouuoir de fes yeux ?

ALCANDRE.

Bien que ie fois certain, Monarque magnanime,
Que mon affection doibt paffer pour vn crime,
Deux mots feront cognoiftre à voftre Majefté,
Et mon obeiffance & ma temerité.
Trois ans font expirez depuis l'heure fatale
Que malgré mes deffauts voftre grandeur royale
Aupres de Solimont voulut me deputer
Sur des poincts importants qui s'offroient à traicter
Là par d'extremes foings, ie m'efforçay d'eftaindre
Les mal'heurs que ce Prince auoit fuiet de crain-
   dre

Mais je vy Clarimonde, & ses charmants attraits,
Me liurerent la guerre en parlant de la paix.
Cette beauté diuine en charmes si puissante
Alluma dans mon cœur vne flame innocente,
Mais de qui le pouuoir est si iuste & si fort
Qu'il vaincra la rigueur du temps & de la mort.
Ie comparay cent fois ma fortune a la sienne,
Ie mesuray mon sang à sa race ancienne,
Mais l'Amour se mocqua de ces respects humains
Et pour luy resister mes combats furent vains.

ALMAZAN.

Si tu l'aymas Alcandre elle t'ayma de mesme?

ALCANDRE.

Pour ne commettre pas vne impudence extreme,
Sire, ie puis iurer que cette vanité,
Quelque esclat qu'ell'ait eu ne m'a iamais flatté
Il est vray qu'ayant sceu mes amoureux supplices,
Cette ieune merueille a souffert mes seruices :
Mais c'est qu'ell'a iugé que vostre affection
M'esleueroit plus haut que son ambition,
Et qu'estre aymé de vous valloit mieux qu'vn
Empire.

ALMAZAN.

A ta prosperité toute chose conspire

Esclaue

Esclaue comme ell'est te pouuoir posseder.
Est le bien le plus grand qu'elle ose si demander.
Va donc rompre les fers de cette prisonniere,
Rends luy puis qu'il me plaist sa liberté premiere,
Redonne son esclat a cet obiect vainqueur,
Et deliure son corps, mais arreste son cœur :
Pouruen que son amour à la tienne responde,
Vn Dieu ne te sçauroit disputer Clarimonde,
Ie l'immole à ta gloire.

MELIDOR à part.

Ah Dieux qu'ay-ie entendu ?

ALCANDRE·

Grand Roy, par qui i'obtiens ce que i'ay pretendu,
Que ie baise cent fois ces mains victorieuses,
Puisque devos faueurs les marques glorieuses
Ne me permettent pas d'exprimer autrement
Le veritable excés de mon rauissement :
Ie vay puisqu'il vous plaist reuoir cette captiue,
Et luy rendre le bien dont sa beauté me priue,
Ie vay, quoy que malade, estre sa guerison,   Il sort.
Et retirer des fers l'autheur de ma prison.

ALMAZAN.

Va le Ciel à tes vœux soit tousiours fauorable.

C

MELIDOR.

Ah parlons, il est temps. Monarque redoutable
Excusez mon erreur si i'ose contester
Sur l'Hymen inesgal que l'on vient d'arrester,
Alcandre vaut beaucoup, mais si l'on considere
Le sang de Clarimonde & le rang de son pere,
On ne doit pas souffrir qu'il triomphe d'vn bien
Digne plustost d'vn Dieu que non pas d'estre sien.
L'astre dont la splendeur donne le iour au monde,
Ne void rien soubs le Ciel d'esgal à Clarimonde,
Ce chef d'œuure des Dieux, ce merueilleux obiet
Merite vn Souuerain & non pas vn subiect.
Pensez-y meurement grand Prince, & qu'on n'es-
      pere
Que la mort de la fille auec celle du pere.
Deuant qu'elle s'abbaisse à souffrir vn party
Ou son illustre sang puisse estre dementy.

ALMAZAN.

A quel plus grand party pourroit elle s'attendre,
Que de r'auoir vn sceptre & d'espouser Alcandre?
Sçaches que Clarimonde esclaue comme ell'est
Doibt ployer soubs le ioug de tout ce qui me plaist,
Mon bras & les malheurs dont ell'est poursuiuie,
Ont mis en mon pouuoir & sa mort & sa vie,
Ma seule volonté luy doibt seruir de loy,

Et son bien ou son mal ne depend que de moy.

MELIDOR.

Ouy, mais de ce pouuoir que son malheur vous
   donne
N'vser pas comme il faut, blesse voſtre couronne,
Enfin ell'eſt Princeſſe, & pour vn ſang Royal
Alcandre eſt vn party ce me ſemble ineſgal.

ALMAZAN.

Certain de ſon courage, & de ma bienueillance,
Il peut plus haut encor porter ſon eſperance,
Ceſſe d'en murmurer, & ne le blaſme point,
Si le tiltre de Prince à ſa vertu n'eſt ioint,
La difference entr'eux me ſemble bien petite,
Car s'il ne l'eſt de ſang, il en a le merite.

MELIDOR.

Mais Sire,

ALMAZAN.

         C'eſt aſſez, le ſort en eſt ietté,
En cela ſes deſirs reglent ma volonté,
Et ie veux qu'auiourd'huy ceſt hymen s'accom-
   pliſſe
Qu'on ne m'en parle plus   Il ſort.

MELIDOR.

O Ciel quelle iniustice !
Mais auant que souffrir ce desplaisir mortel,
Mon cœur allons tenter le hazard d'vn cartel,
Allons mettre la plume & le fer en vsage,
Clarimonde sçaura ce que peut mon courage,
Et le Roy pourra voir decider à ses yeux
Qui d'Alcandre ou de moy la merite le mieux.
Toute-fois ce dessein me paroit impossible,
Le Prince pour Alcandre est vn peu trop sensible:
Si ie veux estouffer ce Monstre qui me nuit,
Il le faut attaquer sans tesmoins & sans bruit.

Fin du premier Acte.

ACTE II.
SCENE PREMIERE.

CLARIMONDE, ALCANDRE, LYDIANE.

CLARIMONDE.

V me trôpes Alcandre en tenāt ce langage,
Ou s'il faut que i'espere vn si grand auan-
tage,
Sçaches que le destin ne m'esleue bien haut,
Que pour me voir tomber d'vn plus horrible saut.
De mon Astre malin la fatale influence
Rallumant mes desirs esteint mon esperance,
Le Dieu qui le regit se mocque de mes vœux,
Et fait ce qui luy plaist non pas ce que ie veux.

ALCANDRE.

Ce Dieu dont vous parlez amolli par mes larmes
N a plus pour nous troubler de colere ny d'armes,
Mes pleurs ont destourné les traits de son courroux
Et ie n ay desormais à combattre que vous.

C iij

Ie sçay que pour le sang dont le Ciel vous fit naistre,
Quand de tout l'vniuers ie me rendrois le maistre,
Ie serois vn obiect indigne d'esperer
La gloire où mes desirs me forcent d'aspirer;
Mais l'amour & la mort esgalent tout le monde,
Si ce Dieu qui me blesse a blessé Clarimonde,
Cet obstacle fascheux se verra surmonté,
Ou par vostre infortune, ou par vostre bonté:
Courez belle Princesse où ma foy vous conuie,
Vous estes auiourd'huy l'arbitre de ma vie,
Mon sort est dans vos mains, & mon contente
    ment
Ne depend desormais que d'vn mot seulement.

CLARIMONDE.

Helas ! as-tu besoin du secours de ma bouche
Pour sçauoir à quel point ton interest me touche ?
Tes desirs sont les miens, tu le sçais, tu le vois,
Et mon cœur par mes yeux te l'a dit mille fois.
Pourquoy donc auiourd'huy veux tu que ie t'ex-
    prime
L'excés de mon amour ou plustot de mon crime ?
Et que dans ce moment mon feu te soit cogneu
Par vn mot que la honte a tousiours retenu ?
Et bien, puis qu'il le faut, & que c'est pour ta
    gloire,
Escoute en ce seul mot l'arrest de ta victoire.

Ie t'ayme.

ALCANDRE.

Heureux Alcandre entre tous les mortels,
Deftins, Princeffe, Amour, que ie vous doibs d'au-
   tels :
Mais pour bien m'acquitter d'vne faueur fi
   grande,
Quels vœux & quels deuoirs faut il que ie vous
   rende?
Ie t'ayme! ah que ce mot a de charmes puiffants,
Il ofte à ma raifon l'Empire de mes fens,
Et l'excés du plaifir dont mon ame eft comblee
La rend efgalement fatisfaite & troublee.
Qu'vne Princeffe m'ayme, ah quel abbaiffement!
Que i'ofe la prerendre ah quel aueuglement!
Et qu'ell' a de bonté voyant cette iniuftice
De ne m'impofer pas quelque eftrange fupplice.
Madame, pardonnez à ma temerité,
I'ay demandé beaucoup & bien peu merité,
Mais fi vous defirez qu'aux mains de Clari-
   monde
Tombent par ma valeur tous les fceptres du monde,
Ie fçauray couronner par mille exploits diuers
La Reyne de mon cœur, Reyne de l'vniuers;
La terre n'aura point d'affez puiffant obftacle
Pour empefcher mon bras de faire ce miracle,

D'vn monde d'ennemis ie briseray l'effort,
Et i'y rencontreray le triomphe ou la mort.

CLARIMONDE.

En pensant t'abbaisser **tu t'esleues** *Alcandre,*
Ie sçay ce qu'enuers moy **ta vertu** *doibt pretendre,*
Ie sçay ce que ta peyne a de **moy merité,**
Et ie voy ta grandeur **dans ton** *humilité:*
Tempere seulement les boüillons de ton ame,
Ta valeur m'est cogneuë aussi bien que ta flame,
Songe à d'autres desseins, & **comblai** *mes souhaits*
Dispose ton Monarque à nous donner la paix;
Solimont tout courbé soubs le faix des annees
Benira nostre hymen comme nos destinees,
Et remettra l'esclat de son throsne ancien
Soubs l'Azyle d'vn bras plus ieune que le sien,
Donne luy de ta flame vne marque bien forte,
Obtiens sa liberté, romps les chaisnes qu'il porte,
Et par cette action d'amour & **de pitié.**
De mesme que la mienne acquiers son **amitié.**

ALCANDRE.

Quoy que de son trespas sensible & **deplorable**
Le funeste decret semble estre irreuocable,
Mon amour toutefois hardie à le seruir
Destournera le coup qui vous le doibt rauir:
Mais voyons Almazan, il est temps **de luy rendre**
Les

Les graces & l'honneur qu'un bien-fait doibt attendre.
Ie croy qu'il vient icy.

LYDIANE.

Pourquoy paslissez vous?

CLARIMONDE.

Ie crains que cet obiect n'excite mon courroux,
I'en redoute l'abord.

LYDIANE.

Contenez vous Madame,
Il est temps de calmer les troubles de vostre ame,
Le voila qui paroit.

D

SCENE II.

ALCANDRE, ALMAZAN, CLARIMONDE, LYDIANE.

ALCANDRE.

DElices de nos iours,
Grand Roy chez qui ma peine a trouué son secours,
Puisque i'obtiens de vous cette rare merueille,
Voyez quelle faueur à la vostre est pareille,
Me rendant possesseur d'vn bien si glorieux,
Vous esgalez ma gloire à la gloire des Dieux :
Et si les immortels n'estoient exempts d'enuie
Vous les rendriez ialoux du bon-heur de ma vie.

ALMAZAN considerant Clarimonde.

Ialoux auec raison, ses yeux ont des appas
Qui menacent les cœurs d'vn amoureux trespas,
Sa grace & sa beauté sont de puissantes armes,

ALCANDRE.

Sire, quoy que ses yeux brillent de tant de charmès

Les vertus font en elle vn amas de trefors,
Par qui l'ame fait honte aux richeffes du corps.

ALMAZAN.

Ie ne la croyois point de tant d'attraits pourueuë,
Elle flatte, elle bleffe, elle plaift, elle tuë,
Et l'on peut mieux fentir, que non pas exprimer
Les rares qualitez qui la font eftimer.

AICANDRE.

C'eft d'où nafquit en moy ce defir temeraire,
Qu'à voftre majefté ma bouche n'a pû taire,
Defir dont le fuccés produit en ce moment,
Et ma reconnoiffance & mon contentement.

ALMAZAN.

Ne parle point fi toft de ta recognoiffance,
Ie fonge a te donner vne autre recompenfe,
Cet obiect dont le charme a dequoy me rauir,
Excite des ardeurs que ie veux affouuir,
Pour elle mon amour eftouffe ma colere,
Cherche d'autres beautez capables de te plaire
Immole Clarimonde aux plaifirs de ton Roy,
Si tu fus digne d'elle ell'eft digne de moy.

ALCANDRE.

Helas que dittes vous par quel proiect funefte
D ij

Voulez vous me rauir la gloire qui me reste?
Quelle cause produit vn si fascheux effect,
Et pour le meriter qu'ay-ie dit?qu'ay-ie fait?

ALMAZAN.

Cesse de t'opposer à mon feu legitime,
Ie ne t'impute rien ton mal-heur est ton crime,

ALCANDRE.

Est-ce estre criminel,est-ce estre mal'heureux,
Que d'auoir acheué tant d'exploits valeureux?
Apres auoir rendu vos victoires certaines,
Faut il qu'vn desespoir soit le prix de mes peynes?
Ah Sire! n'accusez que le trouble où ie suis,
Si i'ose vous nommer l'autheur de mes ennuis,
Et si prest de souffrir vn traittement si rude
Ie puis vous soupçonner d'vn peu d'ingratitude.
Ie rougis d'alleguer mes trauaux & mes soings,
Vos yeux sont de mes faits les illustres tesmoins,
Voyez mon sein ouuert,portez les sur mes playes.

ALMAZAN.

Tu penses me flechir,mais en vain tu l'essayes;
Le trait que dans le cœur ie viens de receuoir
L'emporte sur les coups que tu veux faire voir:
Ta blessure à la mienne est du to   nesgale,
Mais consultons vn peu cette beauté fatale

LA CLARIMONDE.

Nous agitons vn poinct qu'elle doit decider,
Mais pouuant prendre vn bien pourquoy le de-
mander?
Clarimonde il me plaist que ta fortune change,
Et que par vn prodige aussi iuste qu'estrange,
D'esclaue que tu fus tu prennes dans les mains
Le sceptre que i'employ' à regir les humains;
I'efface pour iamais ce caractere infame,
Et te faisant l'honneur de t'accepter pour femme,
Ie veux que mes subiects puissent ouyr ta voix
Dessus le mesme throsne où ie donne des loix.
Admire ce bien-fait & n'en sois point ingratte
Songe aux prosperitez dont ma grandeur te flatte,
Ta responce sera ton naufrage ou ton port,
Et ta bouche est icy l'arbitre de ton sort.

CLARIMONDE.

Parmy les passions qui causent mon martyre,
Ne sçachant que penser ie ne sçaurois que dire,
Et dans le differend qui se vient d'agiter,
Ie voy mon precipice, & ne puis l'éuiter;
Ie sçay ce que ie dois aux bontez d'vn Monarque,
Qui donnant de sa flame vne superbe marque,
Prend soing de ma fortune, & me veut esleuer
Au throsne où ma naissance est digne d'arriuer;
Mais i'ay d'autres desirs, d'autres sceptres m'at-
tendent,

Et ce qu'il veut de moy, d'autres vœux le deman-
dent.
Grand Prince pardonnez à ce iuste refus,
Si i'estois auiourd'huy ce qu'autrefois ie fus,
Si mon cœur estoit libre, & s'il pouuoit sans honte
Effacer le pourtrait du vainqueur qui le domte,
Ie ferois vanité de vous rendre auiourd'huy
Les vœux & les respects que ie reçoy de luy,
Mais ie ne le puis plus, il a ma foy pour gage.

ALMAZAN.

Tu peux ce qui te plaist il n'est rien qui t'engage,
Rien ne peut attacher les Princes ny les Rois,
Nous sommes au dessus des serments & des loix.

CLARIMONDE.

Si de les obseruer vostre ame se dispense,
La mienne ne prend point de semblable licence,
Mon cœur à mes serments ne peut contreuenir,
I'ay fait vœu d'estre sienne & ie le veux tenir.

ALMAZAN.

Ie tiens comme ton corps ta volonté captiue,
Quelques loix qu'auiourd'huy la mienne te pres-
criue,
Tu me dois obeyr.

CLARIMONDE.

Qui voudra m'y forcer,
Verra sur son autheur l'outrage repousser,
Mais si pour obtenir la fin de mes supplices,
Il vous faut comme aux Dieux, faire des sacri-
    fices,
Monstrez qu'en ce moment vostre desir soit tel,
Vous verrez la victime aussi tost que l'autel,
Vostre bras et mon corps feront cette partie,
L'vn donnera le coup, l'autre sera l'hostie,
Et i'aymeray le fer qui m'ouurira le flanc,
Si le feu qui vous brusle est esteint dans mon sang.

ALCANDRE.

Grand Monarque.

ALMAZAN.

Tay toy ma colere s'allume,
Qu'est-ce que desormais ta vanité presume?
Le bien que ie pretends penses-tu l'emporter?
Clarimonde en vn mot cede sans disputer,
Reprends de ta raison la lumiere et l'vsage,
Si ma flame vne fois se conuertit en rage,
Mille nouueaux tourments vangeront tes mes-
    pris.

CLARIMONDE.

Aux lasches actions les Tyrans sont appris,
Ils courent aueuglez, où la fureur les guide ;
Mais au lieu d'estre Amant soyez mon homicide,
Vostre hayne pour moy vaut mieux que vostre
    amour,
Et si l'on m'oste Alcandre, il faut m'oster le iour.

ALMAZAN.

Si ma hayne te plaist prepare toy cruelle,
A l'esprouuer extreme aussi bien qu'eternelle,
Mais auant que la mort succede à tes desirs,
Sçaches que ta beauté soulera mes plaisirs,
Par ta propre rigueur mon triomphe s'appreste,
Et malgré tes refus tu seras ma conqueste.
Qu'on l'enleue.

ALCANDRE.

A mes yeux plustost

ALMAZAN.

Ne bransle pas,
Ou tu seras puny d'vn horrible trespas.

CLARIMONDE

A la force, au secours, ah quel acte barbare !

It

Ie ne te verray plus Alcandre on nous sepāre.

LYDIANE.

Barbares arreſtez.

ALCANDRE.

Arreſtez inhumains,

Ou tournez contre moy vos ſacrileges mains.

ALMAZAN.

Si tu perds le reſpect, tu vas perdre la vie.

ALCANDRE.

Ah c'eſt tout mon deſir, qu'elle me ſoit rauie,
Apres vn tel affront ie n'ay plus qu'à mourir.

ALMAZAN.

Cherche ailleurs qu'en la mort le moyen de guerir,
Fay quelque autre amitié, le change eſt ton remede, *Il ſort.*

ALCANDRE.

Iuſtes Dieux quel remede au mal qui me poſſede
Que ie change ah pluſtoſt que de manquer de foy,
Le Ciel verſe ſa hayne & ſes foudres ſur moy.
Perfide c'eſt a toy de manquer de promeſſe,
C'eſt a toy de trahir, c'eſt a toy que s'addreſſe
Ce coupable conſeil puiſque ta laſcheté

E

M'oser rauir vn bien promis & merite.
Respect dont i'ay senti l'iniuste violence,
Que ne m'as-tu permis de punir l'insolence
Des complices cruels de ce rapt inhumain,
Ie leur eusse porté le trespas dans le sein,
Ou mon cœur expirant soubs leur vengeance
   prompte
N'eust pas eu le regret de suruiure à ma honte.
Recours des affligez, funestes mouuements
Qu'vn desespoir inspire aux mal'heureux
   amants,
Venez regner en moy, disposez ma pensee
A chercher le secours d'vne fin auancee,
Et ne representez à ma foible raison,
Que fer, flames, cordeaux, precipice, & poison.
Exploits mal recognus, seruices inutiles,
Parolles sans effect, promesses infertiles,
Si vous me remplissez de regret & d'horreur,
Meslez y desormais la hayne & la fureur:
Va mon cœur, va chercher celle qu'on t'a volee,
Fay honte à ce Tyran de sa foy violee,
Et puisque ton bon-heur par sa perte est changé,
Meurs, mais n'expire point qu'apres t'estre vangé.
Labyrinthe confus.

SCENE III.

MELIDOR, ALCANDRE.

L'Occasion est belle,
Il faut puis qu'il est seul qu'au combat ie l'appelle,
Ma flame à ma valeur demande cet effort;
Mais Lidiane vient.

ALCANDRE.

O sensible transport !

MELIDOR se cachant.

Que luy veut elle dire? escoutons son message.

SCENE IV.

ALCANDRE, LYDIANE, MELIDOR.

VIens tu pour m'annoncer quelque nouuel outrage ?

E ij

LYDIANE.

Ie viens par l'ordre expres que Madame a pre-
scrit,
Pour arrester d'Alcandre, & le bras & l'esprit,
De crainte que son mal plus fort que sa constance
Ne l'aueugle & le porte a quelque violence.

ALCANDRE.

Pour arrester mon bras, ah que c'est bien en vain,
Que celle que i'adore a formé ce dessein,
Apres ce qu'vn respect m'a fait faire contre-
elle,
Apres ma lascheté suspecte ou criminelle
Craint elle quelque chose?

LYDIANE.

       Elle craint iustement,
De quelque desespoir le fascheux mouuement.

MELIDOR.

Approchons nous plus pres.

LYDIANE.

       Au reste, elle m'enuoye,
Pour vous faire sçauoir qu'il faut qu'elle vous voye
Ne luy refusez pas ce moment de plaisir.

ALCANDRE.

Tu sçais que luy complaire est mon plus grand
    desir,
I'achetterois ce bien par le prix de ma vie,
Mais helas! mon destin cette gloire m'enuie,
On la retient sans doute en quelque appartement
Ou son bel œil n'est veu, que du iour seulement.

LYDIANE.

Le lieu qui la retient n'est point inaccessible,
Et puis à qui bien ayme il n'est rien impossible;
Ce fameux cabinet ou l'Art a surmonté
Tout ce que la nature eust iamas de beauté,
Ou mille oyseaux mignards gazouillent à toute
    heure
Est sa foible prison, ou plustost sa demeure,
Ell'a pour promenoir vn Iardin spatieux,
Dont les murs vont bien haut, mais non pas ius
    qu'aux Cieux
Et si vous conseruez quelque soing de luy plaire
Vous les pourrez franchir.

ALCANDRE.

                C'est ce que ie veux faire,
Ouy ie m'acquitteray de ce iuste denoir,
Ell'en a le desir, i'en auray le pouuoir,

Mais soubs vn autre habit que celuy que ie porte,
Le respect me contraint d'en vser de la sorte,
Pour n'offenser le Roy, de qui l'esprit ialoux
Porteroit iusqu'au bout sa hayne contre nous,
Outre qu'il faut sauuer l'honneur de la Princesse.

LYDIANE.

C'est messer sagement la prudence à l'addresse,
Le Prince pour le moins ne vous cognoistra pas,
Et ne troublera point vos desirs ny vos pas.
Ie vay de ce dessein la tenir aduertie,

ALCANDRE.

Ie vous suiuray bien-tost.

MELIDOR à part.

Pourquoy cette partie?
Il le faut aborder.

ALCANDRE.

Ah friuole dessein,
Qui ne sert qu'à nourrir vn vautour dãs mon sein,
Vn vautour, mais qui vient ? ô rencontre impor-
tune!

MELIDOR l'abordant.

Tout comblé des faueurs d'Amour & de fortune.

Meditez-vous icy quelques exploits guerriers,
Sur le point d'adiouster le Myrthe à vos lauriers:
Ie vous trouue pensif.

ALCANDRE.

Ceux que Mars fauorise,
Doiuent seuls mediter quelque grande entreprise,
C'est à vous de former ces desseins glorieux.

MELIDOR.

Ie cede cet honneur aux plus ambitieux,
Et conserue pour moy le desir de bien faire.

ALCANDRE.

Ce desir Melidor est assez ordinaire,
Chacun craint de faillir,

MELIDOR.

Ce noble sentiment,
Ne regne pas Alcandre en tous esgalement,
I'en sçay de criminels dont la haute esperance
Surpasse le merite & dement la naissance.

ALCANDRE.

L'esperance est permise aux plus infortunez.

MELIDOR.

On blasme les desirs qui sont desordonnez.

ALCANDRE.

L'imprudent ose tout, & le sage au contraire,
Sans paroistre iamais, lasche ny temeraire,
Sçait tenir vn milieu dans ces extremitez.

MELIDOR.

Si quelques vns l'ont fait peu les ont imitez.

ALCANDRE.

Vous le croyez ainsi,

MELIDOR.

I'en voy l'experience;

ALCANDRE.

Ce discours embroüillé lasse ma patience,
Adieu quelques raisons m'appellent autre part.
MELIDOR.
Ie les sçay les raisons, qui causent ton despart,
Mais où que ton orgueil porte tes esperances,
Icare audacieux, tu n'es pas où tu penses,
L'approche du Soleil où tu mets ton bon-heur,
Te coustera bien tost, & la vie & l'honneur,
ACTE III.

ACTE III.
SCENE PREMIERE.

ALMAZAN, ET ARGIRAN.

ALMAZAN.

I'*Ay, fidelle Argiran, quelque chose à
te dire,
Fay qu'on nous laiffe feuls.*

ARGIRAN.

Que chacun fe retire.

ALMAZAN.

*Atteint efgalement de colere & d'amour,
Ie ne voy qu'à regret la lumiere du iour,
Clarimonde eft pour moy trop coupable & trop belle,
I'ay beau dire que i'ayme, & que ie meurs pour
elle,
I'ay beau me faire craindre & beau la menacer,
Le trait de fa rigueur ne fe peut effacer.*

I.

Dans ces extremitez, ie ne sçay que resoudre,
Tantost ie me dispose à la reduire en poudre,
Et tantost escoutant la voix de la pitié,
I'excuse son audace, & son peu d'amitié.
Argiran? si iamais tu ressentis dans l'ame
Quelque foible chaleur d'vne pareille flame,
D'vn vtile conseil soulage mon tourment,
Ne me desguise rien, parle moy franchement,
Et si tu n'as dessein d'encourir ma disgrace,
Dy ce que tu ferois estant mis en ma place.

ARGIRAN.

Ce que ie ferois Sire? ayant dequoy dompter
Celle de qui l'orgueil ose vous resister,
Apres auoir poussé tant de plaintes friuoles,
Ie voudrois adiouster les effects aux parolles,
Ie hazarderois tout, & pour la posseder,
Ie ferois à l'amour la force succeder.

ALMAZAN.

Il est vray que ie puis, vsant de violence,
Saouler mes appetits, vaincre sa resistance,
Et pour mettre en effect mes amoureux desseins,
Charger de fers pesants ses delicates mains.
Mais quel contentement ou plustost quelle gloire,
D'achetter à ce prix vne telle victoire?
Le moyen d'assembler le plaisir & l'horreur,
Et d'accorder l'amour auecque la fureur?

Ie voudrois qu'auiourd'huy son ame combattuë,
Pust ressentir l'effort du beau trait qui me tuë,
Et qu'Amour ce Tyran, ce superbe vainqueur
Me voulust esleuer vn throsne dans son cœur.
Par le plaisir qui naist d'vne ardeur mutuelle,
Il rendroit ma victoire & plus douce & plus belle,
L'ingratte dont l'orgueil m'attaque insolemment
Chercheroit son bon-heur dans mon contentement,
Et pleine de ce Dieu qui n'espargne personne,
Elle prendroit sa part du poison qu'elle donne.

ARGIRAN.

Certes si par douceur on pourroit la gaigner,
Ce seroit bien des pleurs, ou du sang espargner,
Mais plustost que mon cœur ne fist cette conqueste,
Et qu'vn Myrthe amoureux ne couronnast ma
   teste,
I'adiousterois sa perte à ses autres malheurs
Et ie n'espargnerois ny son sang ny ses pleurs.

ALMAZAN.

I'ay formé ce dessein, iniuste ou legitime,
Mon feu n'est allumé que pour cette victime,
Il faut que cet obiet si cruel, mais si beau
Monte dessus le throsne, ou descende au tombeau,
A moins que son humeur seconde mon enuie,
Elle ne peut sauuer son honneur ny sa vie,

Et quoy qu'elle ose dire ou qu'elle ose esperer,
Elle n'a que ce iour pour en deliberer.
Mais qui vient?

ARGIRAN.

C'est Lycas.

SCENE II.

ALMAZAN, LYCAS, & ARGIRAN.

ALMAZAN.

E *T bien?*

LYCAS.

Melidor Sire,
Dit auoir vn secret important à vous dire,

ALMAZAN.

Qu'il entre.

LYCAS.

Quelques chefs l'accompagnent icy.

ALMAZAN.

Il les faut escouter, va qu'ils entrent aussi.
Quelque noble dessein les pousse & les enflame.

SCENE III·

MELIDOR, ALMAZAN, & ARGIRAN.

MELIDOR.

QVe vostre Majesté grand Prince ne me blas-
me,
Si i'ose l'interrompre, & d'vn facheux discours
Mesler quelque amertume aux douceurs de ses
iours,
Vne puissante loy m'ordonne de le faire:
Et si quelque raison m'inspiroit de me taire,
Cette raison legere offenseroit les Dieux,
Et feroit d'vn silence vn forfait odieux.

ALMAZAN,

Parle.

MELIDOR.

Auant qu'exprimer ce qu'il faut qu'elle entende,

F iij

Que voſtre Majeſté ſouffre que ie demande,
Quel prix elle offriroit a l'vn de ſes ſuiects,
Qui d'vn traiſtre aſſaßin confondroit les proiects,
Et qui d'vn parricide exemptant ſa perſonne,
Sauueroit tout d'vn coup ſa vie & ſa couronne.

ALMAZAN.

Si d'vn peril ſemblable on m'auoit preſerué,
Ie voudrois me donner à qui m'auroit ſauué,
Ie ferois vanité de luy rendre commune
Ma gloire, ma grandeur, mon ſceptre, ma fortune,
Et pour l'auoir cogneu ſi fidelle à ſon Roy,
Quoy qu'il puſt deſirer, il l'obtiendroit de moy.

MELIDOR.

Rien ne peut meriter cette reconnoiſſance,
Mais Sire ie vous tiens trop longtemps en balance,
C'eſt moy de qui l'eſprit fidelle & vigilant,
A cogneu d'vn ingrat le deſſein violent,
Il veut borner le cours de vos belles annees,
Mais i'ay ſceu deſcouurir ſes funeſtes menées,
Et rien ne m'eſt caché de l'horrible attentat,
Dõt ce traiſtre veut perdre & le Prince & l'Eſtat.

ALMAZAN.

Nomme cet impudent afin qu'vn trait de foudre,
L'extermine, l'eſcraſe, & le reduiſe en poudre,

Que sa mort soit le prix de sa temerité.

MELIDOR.

Ie l'aurois desia dit à voſtre Maieſté,
Mais pour ſurprendre mieux ce perfide Aduer-
   ſaire,
Voſtre propre intereſt me force de le taire ;
Il ſuffit que bien-toſt vos yeux iuſtes teſmoins
Verront à deſcouuert & ſon crime & mes ſoings,
Fuſt il la force meſme ou la meſme fineſſe,
Il ne peut euiter les pieges qu'on luy dreſſe,
Ie vous l'ameneray vif ou mort.

ALMAZAN.

                      C'eſt aſſez,
Adiouſtant ce ſeruice aux ſeruices paſſez,
Sois certain Melidor d'obtenir dans l'Empire
Quelque degré de gloire ou ton humeur aſpire,
Songe donc à ma vie, & ne perds point de temps. Il ſort

MELIDOR.

Enfin, chers Compagnons, mes deſirs ſont contents,
I'auray de mes trauaux la iuſte recompenſe,
Et le Roy m'a promis beaucoup plus qu'il ne penſe.
Aydez à mon deſſein, & ſi i'obtiens iamais
Le bien que ie ſouhaitte, & que ie me promets,
Ieſleueray ſi haut vos fortunes proſperes,

Qu'on vous mescognoiſtra par le nom de vos peres.

CHEF.

Propoſez hardiment, & nous oſerons tout,
Quoy qu'il faille tenter nous en viendrons à bout,
Noſtre deſtin au voſtre eſt ioint de telle ſorte,
Qu'on ne peut voir de nœud ny de chaiſne plus forte.

MELIDOR.

Mon deſſein chers amis, mais quelqu'vn peut
  venir,
Ce lieu n'eſt pas commode à vous entretenir,
Eſcartons nous vn peu, l'affaire le merite,
Et le ſecret importe au coup que ie medite.

SCENE IV.

SCENE IV.

CLARIMONDE, LYDIANE au Iardin.

CLARIMONDE.

SI quelque impatience agite mon esprit,
Ma raison la fait naistre, & mon feu la nour-
   rit,
Ie croy qu'à m'obliger Alcandre se dispose,
Mais helas! pensés tu qu'il le puisse ou qu'il l'ose?
Quelque respect humain, quelque lasche deuoir
Le pourra destourner du dessein de me voir;
Dures extremitez! importune contrainte!
Faut il brusler d'espoir, faut il geler de crainte.
Et ne doibs-ie pas dire en l'estat où ie suis,
Qu'il n'est point de supplice esgal à mes ennuis?

LYDIANE.

Ceder à la douleur c'est manquer de courage,
Le Nocher qui se trouble au milieu de l'orage,
Loing de le surmonter & de surgir au port,
Trouue dans son naufrage & la honte & la mort.

G

Esperez mieux Madame ; & soyez asseurée
D'vne foy si cogneuë & si souuent iuree,
Eust il toute la terre & les cieux ennemis,
Il ne sçauroit manquer à ce qu'il a promis,
Il le veut , il le peut , vous n'auez point de garde
De qui l'œil desfiant iour & nuict vous regarde,
Rien ne vous est suspect , puisque dans ce moment
Vous estes soubs la foy d'vne Clef seulement,
Vous le verrez bientost.

CLARIMONDE.

        Ah c'est ce qui me trouble,
Par l'espoir de ce bien ma disgrace redouble,
De quel front , de quel œil verray-ie deuant moy
Celuy qui m'abandonne au triomphe du Roy ?
Si ma perte le touche il doit cesser de viure,
Et s'il meurt pour m'aimer c'est à moy de le suiure.
Ainsi qu'il soit coupable , ou qu'il ne le soit pas,
Ie ne puis Lydiane euiter le trespas :
Car pour son innocence , ou bien pour son outrage,
Il faudra que ie meure ou d'amour ou de rage.

LYDIANE.

Si les Dieux protecteurs d'vne saincte amitié,
Ne iettoient sur la vostre vn regard de pitié,
Ie les accuserois d'vne iniustice extreme ;
Mais i'apperçoy quelqu'vn.

A

CLARIMONDE.

Est ce luy?

LYDIANE.

C'est luy-mesme.

CLARIMONDE.

Lydiane ie sens vn frisson me saisir,
Et ma crainte à ce coup surmonte mon desir.

SCENE V.

ALCANDRE desguisé en Iardinier.

CLARIMONDE. LYDIANE.
ALCANDRE.

C'Est auecque raison belle & grande Prin-
cesse,
Que mon funeste abord vous estonne & vous blesse,
Ie ne suis plus qu'vn Monstre à qui le iuste sort
Refuse esgalement & la vie & la mort,
Monstre de lascheté, prodige de foiblesse,
De qui le cœur sans cœur vid tomber sa maistresse
Soubs le ioug rigoureux d'vn pouuoir estranger,
Sans mourir à ses yeux comme sans la vanger.

G ij

CLARIMONDE.

Alcandre si ie crains, ce n'est pas ta presence,
Comme ell est mon desir, ell est mon esperance,
Mais ce qui peut ma peine & ma crainte causer,
C'est l'extreme peril ou tu viens t'exposer,
Cesse de t'accuser, ie cognois ton courage,
Si ton cœur offensé n'a repoussé l'outrage,
C'est que ta preuoyance a iugé sagement,
Que la force manquoit à ton ressentiment;
Repare ce deffaut, songe à quelque artifice
Qui trompe du tyran l'amour ou la malice,
Destruis par ta prudence vn iniuste pouuoir,
Et ce qu'il s'a raui tasche de le r auoir.

ALCANDRE.

Ie voy dans mes mal'heurs vn excés qui m'estonne,
Mon espoir me trahit, ma raison m'abandonne,
Et ie souffre vn ennuy qui me fait condamner
Les plus sages, conseils qu'elle puisse donner:
Ie pense toutefois qu'vne fuitte soudaine
Seroit vn prompt moyen de vous tirer de peyne.
Ie suis prest de vous suiure, & de verser mon sang
Pour rendre à Clarimonde & sa gloire & son rang,
Confondant sa iustice auecque mon courage,
L'vniuers subiugué sera nostre partage,
Dans la flame & le fer on me verra courir,
Esgalement heureux de vaincre ou de mourir.

CLARIMONDE.

Cher Alcandre vn mal'heur trop rude & trop sen-
  sible
Oppose à ce conseil vn obstacle inuincible,
Quel moyen de laisser mon pere dans les fers?
Almazan plus demon, que tous ceux des Enfers,
Exerceroit sur luy pour assouuir son ire,
Tout ce que peut la hayne & que la rage inspire:
Ie voy desia son corps percé de mille coups,
Ie voy ce fier tyran enflammé de courroux,
Qui veut qu'en cent morceaux ses membres on de-
  couppe;
Des bourreaux preparez ie voy l'infame trouppe,
Qui le fer à la main, & le bras retroußé,
Foulant d'vn pied superbe vn vieillard terraßé,
Va, par vne fureur de mille autres suiuie,
Tirer le mesme sang à qui ie doibs la vie.
Parmy tant de tourments, & de morts à la fois,
Ce Prince mal'heureux hausse sa foible voix,
Et touché de mon crime autant que de sa peyne,
Me nomme courageuse, helas! mais inhumaine.

ALCANDRE.

Ce funeste penser vous desrobe des pleurs,
Mais c'est trop accorder à de fausses douleurs,
Le corps de Solimont ne baise point la poudre,

Et voftre efloignement eft encore à refoudre.

CLARIMONDE.

Cette crainte à mon fexe eft vn vice fatal,
Ie fuis ingenieufe à me faire du mal,
Mais de quelque douleur que la mienne te bleffe,
Ton amour doit fouffrir ou vaincre ma foibleffe.
Quittons mon cher Alcandre vn fi fafcheux dif-
    cours,
Dans quelque autre proiect cherchons noftre fe-
    cours,
Il faut executer en faueur de mon pere,
Celuy qu'vn defefpoir auiourd'huy me fuggere:
Mais pour ce qu'Almazan pourroit bien furuenir,
Et qu'il me faut du temps pour t'en entretenir,
Fay le guet Lydiane, & veille en telle forte
Que le Roy fans ton fçeu ne puiffe ouurir la porte.

LYDIANE.

Et s'il vient ?

CLARIMONDE.

Hafte toy de nous en aduertir.
A fin qu'au moins Alcandre ait le temps de fortir.

LYDIANE.

Repofez vous fur moy i'y veilleray fans ceffe.

ALCANDRE.

Qu'auez vous resolu belle & sage Princesse?

CLARIMONDE.

De perdre le coupable & sauuer l'innocent,
Ton amour le commande, & la mienne y consent,
En vn mot, d'Almazan l'iniuste violence
Merite vn chastiment esgal a son offense,
Ce Tyran contre nous n'a que trop entrepris,
J'ay cogneu sa fureur, comme toy son mespris,
Et i'appelle ton bras pour seconder l'enuie,
Qui veut qu'à ma vengeance on immole sa vie.

ALCANDRE.

Sa vie? ah qu'ayie ouy! parlez vous sainement,
Cet arrest me remplit d'vn iuste estonnement.
Sa vie?

CLARIMONDE.

Ouy c'est à tort qu'Alcandre s'en estonne,
Tu doibs perdre ce Monstre, & le Ciel te l'ordonne

ALCANDRE.

Le Ciel condamneroit cet acte violent.

CLARIMONDE.

Le Ciel veut qu'on chaſtie vn pariure inſolent.

ALCANDRE.

Madame ie cognois iuſqu'où va ſon offenſe,
Mais l'en oſer punir excede ma puiſſance,
Les Dieux ſeuls ſur les Rois ont vn iuſte pou-
uoir,
Et ſon crime n'eſt point plus grand que mon de-
uoir.

CLARIMONDE.

Pour les Princes clements, iuſtes & magnanimes,
L'amour & le reſpect ſont touſiours legitimes,
Mais ce traiſtre a pour nous des tiltres differents,
Et l'on doibt diſtinguer les Rois & les Tyrans.

ALCANDRE.

C'eſt le Ciel qui les fait, luy ſeul les peut deſtruire,
Quand ces Aſtres viuants ſont indignes de luire,
C'eſt à luy d'en cognoiſtre, & non pas aux mortels.

CLARIMONDE.

Laſche pourquoy crains tu d'abbatre ſes autels ?
ALCANDRE.

ALCANDRE.

On doibt trop ma Princesse aux testes couronnées,
Leur seule volonté regle nos destinées,
Qu'vn Monarque se montre ou barbare ou cle-
ment,
Ses subiects contre luy s'arment iniustement:
Il apporte en naissant de sacrez priuileges,
La main qui les destruit commet des sacrileges.
Car son impieté par vn acte odieux
S'attaque insolemment à l'image des Dieux.
Madame à ses pareils toute chose est permise,
Quelque mal qu'il m'ait fait son sceptre l'autho-
rise.

CLARIMONDE.

Tu peux executant ce que i'ay medité,
Te seruir mieux que luy de cette authorité,
Cruel tu n'as donc plus d'amour ny de memoire,
Doncques cette action si recente & si noire,
Qui t'a volé ton bien & soustrait mes appas,
Est hors de ton esprit ou ne te touche pas?

ALCANDRE.

Ah si vous ignorez combien elle me touche,
Ma main vous l'apprendra beaucoup mieux que
ma bouche,

H

Ie veux par mon trespas acheuer mes douleurs,
Et verser desormais plus de sang que de pleurs
Ce fer.

Il met
la main
à vn
poi-
gnard.

CLARIMONDE.

Arreste Alcandre & pardonne à ma flame,
Si i'ay voulu ietter ce dessein dans ton ame,
Excuse mon offence, excuse mon amour,
Et n'abandonne point ny mes yeux ny le iour.
N'ayant pu d'vn coupable estouffer l'insolence,
Au moins en ma faueur espargne l'innocence,
Et garde que ta main ne commette vn forfait,
Trop iniuste en sa cause aussi bien qu'en l'effect,
Ie te soufmets Alcandre, à deux loix qu'il faut
suiure.

ALCANDRE.

Quelles ? prononcez les.

CLARIMONDE.

De m'aymer & de viure.

ALCANDRE.

Que ie viue, & qu'vn autre à ma honte, à mes
yeux,
M'arrache de la main vn bien si precieux!

CLARIMONDE.

Pour finir tout d'vn coup sa gloire & ta misere,
Il ne faut que forcer la prison d. mon pere,
Ie te propose Alcandre vn proiect hazardeux,
Mais si tu peux d'icy nous retirer tous deux,
Les Dieux que ce Tyran par ses crimes irrite
T'accorderont le bien que ta vertu merite.
Nos peuples reprendront soubs l'appuy de ton bras,
Leur esperance esteinte en leurs derniers combats
Et secouant le ioug d'vne puissance induë
Recouureront soubs toy leur liberté perduë.

ALCANDRE.

Ie vay songer Madame, à faire cet effort,
Destournez cependant voste perte & ma mort,
Que ce Prince amoureux.

CLARIMONDE

N'en dy pas dauantage,
Si tu doutes de moy tu me fais vn outrage,
Ie iure encor vn coup de ne trahir iamais
L'amitié qui t'est deuë, & que ie te promets :
Prends le soing seulement de conseruer entiere,
L'illustre pureté de ta flame premiere,
Et iusqu'a ce qu'Alcandre apprenne mon . . . ,
Qu'il ayme Clarimonde, & qu'il ne meure pas.

Mais Lydiane accourt, va t'en l'heure nous presse,
Il faut te retirer.

ALCANDRE.

I'obeys ma Princesse.

CLARIMONDE.

Est-ce Almazan qui vient?

LYDIANE.

Non ce n'est point le Roy.

CLARIMONDE.

Qu'est ce donc?

LYDIANE.

Vn grand bruit qui venu iusqu'à moy,
Parmy des mots confus m'a souuent fait entendre
Le nom de Clarimonde auec celuy d'Alcandre,
I'ay creu de mon deuoir de vous en informer.

CLARIMONDE.

C'est bien fait Lydiane, allons nous renfermer,
Et si le Ciel s'oppose à l'espoir qui nous reste,
Allons d'vne prison faire vn tombeau funeste.

ACTE IV·
SCENE PREMIERE

MELIDOR, & ALCANDRE arresté.

MELIDOR.

Vrmure contre moy, fay ce que tu vou-
dras,
Ie redoute aussi peu ta langue que ton
bras.

ALCANDRE.

Si tu ne crains mon bras, assassin execrable,
Si mon cœur à ton cœur n'est plus si redoutable,
C'est que ta trahison trouue sa seureté
Soubs l'azyle des fers dont ie suis arresté:
Mais pour ne point ternir le lustre de ta gloire,
Desiste de poursuiure vne action si noire,
Si ma bonne fortune a pu blesser tes yeux,
Vse pour l'offusquer d'vn moyen glorieux;
Sans trahir ton honneur, sans trahir ton courage,

H iij

Si ton esprit ialoux cherche quelque auantage,
Fay que Mars te le donne, & croy que les guer-
        riers
Doiuent cueillir le Myrthe où naissent les lauriers.

MELIDOR.

Mesurer mon espee à celle d'vn infame!
Folle pretention, ie ne le puis sans blasme,
Sa mort seroit trop douce & son destin trop beau.
Alcandre doibt perir par la main d'vn bourreau,
De tout autre dessein son crime me dispense.

ALCANDRE.

Au lieu de me noircir cette iniure t'offense,
Puisqu'au poinct où ta hayne a voulu me ranger,
Ie ne puis te punir non plus que me vanger.
Mais où se doibt borner la fureur qui te domte?

MELIDOR.

Tu le sçauras tantost.

ALCANDRE.

                Ouy peut estre à ta honte;
Car cet œil penetrant qui ne sçauroit dormir,
Ne peut voir qu'à regret l'innocence gemir,
Mais le Roy vient à nous.

SCENE II.

MELIDOR, ALMAZAN, ALCANDRE, & ARGIRAN.

MELIDOR.

Sire, voicy les marques
Des soings qu'on doit donner au salut des Monar-
ques,
Voicy de ma promesse & la cause & l'effect.

ALMAZAN.

Est - ce le parricide?

MELIDOR.

Ouy Sire, & son forfait,
Demande à vos bontez, comme à vostre iustice
Pour moy la recompense, & pour luy le supplice.

ALMAZAN.

Commande qu'il approche.

MELIDOR.

Auancez

ALMAZAN.

Iustes Cieux,.
Alcandre soubs des fers se presente à mes yeux.
O de son desespoir tesmoignage sensible!
Alcandre parricide! ò Dieux est il possible?

MELIDOR.

Pour voir s'il est coupable, ou s'il est innocent,
Sire, l'habit qu'il porte est un tesmoin pressant:
Quoy qu'allegue le traistre, il faudra qu'il accorde,.
Que saisi d'un poignard, d'une eschelle de corde,.
Et passant au Iardin par un endroit caché,
Il n'a pu comme luy desguiser son peché.

Il iette aux pieds du Roy vn poignard & vne eschelle de corde.

ALMAZAN.

Ie croy ce que tu dis, cette preuue puissante
Rend son dessein visible, & sa faute euidente.
Perfide Scelerat que dis tu sur ce poinct?
Confesse ton offence, & ne t'excuse point,
Quel demon t'inspira cette damnable enuie
D'usurper mes Estats, d'attenter à ma vie?

ALCANDRE.

Moy Sire, ah si iamais d'une infidelle main ·
I'ay tracé le proiect de cet acte inhumain,
Que la terre s'entr'ouure, & qu'elle m'engloutisse,
L'Enfer

L'Enfer n'auroit point veu de pareille iniustice,
Et i'aurois merité les flames que vomit
Le gouffre dans lequel Encelade gemit.
Tous ces tesmoins produits contre mon innocence,
Paroissent eloquents au milieu du silence,
Ils disent que ce lasche est indigne du iour,
Et que mon crime seul est d'auoir trop d'amour.
Mais Sire c'est en vain que ie deffends ma cause,
En vain pour me lauer du forfait qu'on m'impose,
Ie déploye a l'endroit d'vn Monarque irrité,
La force du langage & de la verité;
Si d'estre aymé de vous la gloire m'est rauie,
Que ne doibs ie donner à qui m'oste la vie ?
La mort est le seul bien qui me peut soulager,
Et ce traistre m'oblige au lieu de m'affliger.
Donc, Sire d'vn regard faites mes destinées,
Prolongez ou couppez le cours de mes années,
Vn trait de vostre grace ou de vostre mespris
Suffit à decider le debat entrepris.
Si ie puis esperer d'obtenir Clarimonde,
Desia mon innocence est claire à tout le monde,
Et ie voy sur le front de qui m'ose accuser,
La honte de me nuire & de vous abuser :
Mais si de vos desirs la fureur continuë,
Si comme vos faueurs mon espoir diminuë,
Et si vous n'escoutez en me manquant de foy,
Ny raison ny pitié qui vous parlent pour moy,

I

Sire, ie suis coupable, il n'est rien dans l'histoire
De lasche, de cruel, d'horrible à la memoire,
Qui ne soit au dessoubs de ce que i'ay commis:
I'ay mesprisé les Dieux, i'ay trahi mes amis,
Plaignez vous, il est temps, familles desolees,
Prestres assassinez, Vestales violees,
Et vous foibles viellards, dont i'ay percé le flanc,
Afin d'en tirer l'ame, & d'en boire le sang.
Sire.

ALMAZAN.

Ne dis plus rien ame ingrate & traistresse,
Ie cognois ton dessein, & malgré ton addresse,
Qui veut m'enuelopper dans quelque obscurité,
Ie voy ton insolence & 'ı temerité:
Te voila conuaincu par trop de coniectures,
Va honte de ton siecle & des races futures,
Qu'on l'emmeine.

ALCANDRE.

Souffrez Sire.

ALMAZAN.

Ne parle plus.

ALCANDRE.

Qu'vn combat.

AMAZAN.

Ah c'est trop tes discours superflus
M'importunent l'oreille:

ALCANDRE en s'en allant.

O cœur inexorable!

ALMAZAN..

Qu'on l'enferme, & pour toy dont le soing fauora-
    ble
A de cet assassin destourné l'attentat,
Autheur de mon salut, protecteur de l'Estat,
S'il n'est rien qu'on ne doiue à ton merite extreme,
Tu peux tout desirer iusqu'a l'empire mesme;
Ie t'accorderay tout, demande seulement.

MELIDOR.

Sire, on me blasmeroit de trop d'aueuglement,
Si mon ame, aujourd'huy riche de vostre estime,
Se flattoit d'vn espoir qui ne fust legitime.
Puisqu'Alcandre abusant de vos rares bienfaits,
De son ingratitude a fait voir les effects,
Et que par ma conduitte & l'ardeur de mon zele
I'ay trompé, i'ay destruit son proiect infidelle,
Grand Prince, rendez-moy possesseur fortuné,
Du thresor qu'à ce traistre on auoit destiné:

I.ij

Si voftre Majefté defire que ie vine,
Elle doibt m'accorder cette belle captiue.

ALMAZAN.

Clarimonde?

MELIDOR.

Elle mefme.

ALMAZAN.

O foible ambition!
Eft-ce là tout l'effort de ta prefomption,
Et le prix fuffifant à payer tes feruices?

MELIDOR.

Ouy, c'eft elle qui fait ma peyne & mes delices,
C'eft elle qui me plaift, c'eft elle que ie veux,
Et comme fes appas font l'obiect de mes vœux,
Ils font de mes defirs les plus iuftes limites.

ALMAZAN.

Ie croy qu'elle te plaift, & que tu la merites,
Mais en vain ton efprit fe flatte fur ce poinct,
C'eft elle que tu veux & que tu n'auras point.

MELIDOR.

Qui pourra l'empefcher?

ALMAZAN.

Moy.

MELIDOR.

Vous Sire?

ALMAZAN.

Moy mesme.

MELIDOR.

Vous m'auez tout promis.

ALMAZAN

Ouy iusqu'au diadesme,

Prends le throsne

MELIDOR.

C'est trop, ie la veux & rien plus.

ALMAZAN.

Tu ne peux l'obtenir.

MELIDOR.

D'où naistra ce refus?

I iij

ALMAZAN.

N'en cherche pas la cause, & souffre sans mur-
mure,
La rigueur d'vne loy si fascheuse & si dure,
Apprends ce que ie puis, apprends ce que tu dois,
Et que la volonté c'est la raison des Rois.

MELIDOR.

Mais cette volonté, Sire, estant engagée,
Sans blesser la raison ne peut estre changée,
Et s'il n'est de sa gloire ennemy coniuré,
Vn Roy doibt obseruer tout ce qu'il a iuré.

ALMAZAN.

En vain dans ce desir ton ame est obstinée,
Celle que tu pretends est ailleurs destinée,
De cette passion tasche de te guerir,
Ie le veux, tu le dois, mais qu'on l'aille querir.

MELIDOR.

La colere du Ciel est fatale aux pariures.

ALMAZAN.

Que ton ambition prenne mieux ses mesures,
Cherche quelque autre prix à te recompenser.

MELIDOR.

Clarimonde est le seul où ie pouuois penser.

ALMAZAN.

Clarimonde est le seul qu'Almazan te refuse,
Ne m'en parle iamais ta vanité s'abuse,
De croire l'emporter contre mon sentiment.

MELIDOR se retirant.

Quand i'ay creu l'emporter ie l'ay creu iustement,
Mais s'il est ordonné qu'vn autre la possede
Il faudra qu'à l'amour le desespoir succede,
Que ie rendray funeste à qui ne le croit pas.

ALMAZAN.

Tu murmures encor ? va, mais sors de ce pas.

ARGIRAN.

Sire, il est desia loing, & Clarimonde approche,

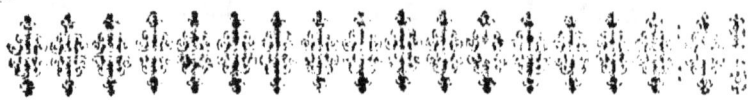

SCENE III.

ALMAZAN, CLARIMONDE, LYDIANE,
ARGIRAN.

ALMAZAN.

ET bien ame de fer, cœur de bronze ou de roche,
N'est il rien soubs le Ciel qui te puisse amollir?
Ce corps que la Nature a pris soing d'embellir,
Doibt il soubs les appas d'vne grace infeu'
Cacher tant de rigueur & tant de tyrannie,
Et faire soubs l'esclat d'vn charme deceuant,
Regner la cruauté dans vn trosne viuant?
Parle, beauté fatale, au plus grãd des Monarques,
Pour ton propre interest fay l'office des Parques,
Et sçaches qu'auiourd'huy par l'arrest de ton sort
Tu tiens en ton pouuoir & ta vie & ta mort.
Si ton cœur adoucy contribue à ma ioye,
Tu couleras des iours filez d'or & de soye,
Et dans le cours esgal de tes prosperitez,
Tu verras par l'effect tes desirs surmontez.
Mais si malgré mes vœux ta rigueur perseuere,
Tu verras à ta honte esclater ma colere,
Ouy, croy que ie mettray pour punir ton erreur,
Dans vn mesme degré ta hayne, & ma fureur.
CLA-

CLARIMONDE.

En l'estat deplorable où le Ciel m'a reduitte,
Ie crains'a, ojn fin car moins que voftre pourfuitte;
Ie n'ayme point la vie, & de m'en voir priuer,
N'aiftra le plus grand bien qui me puft arriuer.
Quel moyen d'adorer vne main violente,
Du fang de mes fubiets encor toute fanglante,
Et qui pourredoubler les maux qu'ils ont foufferts
Tient leur Princeffe efclaue, & leur Roy foubs les
    fers.

ALMAZAN.

De leur captiuité veux tu rompre les chaifnes?
Montre toy fauorable & fenfible à mes peynes,
Vn feul trait de tes yeux fi charmants & fi doux
Peut auiourd'huy brifer les traits de mon cour-
    roux.

CLARIMONDE.

A vos contentements mes difgraces refiftent,
De voftre hoftilité trop de marques fubfiftent,
Quel moyen d'eftouffer ce fafcheux fouuenir,
Et de recompenfer celuy qu'on doibt punir?

ALMAZAN.

Ceffe de m'accufer, ô beauté que i'adore,

K

De tes Palais bruflez, la cendre fume encore,
Mais fois mienne vn moment & ie te les promets
Plus riches & plus beaux qu'ils ne furent iamais.
Cet or dont ils brilloient, ces Domes, ces Porti-
   ques,
Ces fuperbes Lambris, & ces tours magnifiques,
Pourront de ma grandeur les effects efprouuer,
Et qui les abbatit les fçaura releuer,
Auffi bien c'eft en vain que tu voudrois pretendre,
Que ma flame cedaft à la flame d'Alcandre,
Puifque par fon orgueil cet ingrat s'eft perdu,
Tu n'en fçaurois tirer le fecours attendu.

CLARIMONDE.

Alcandre s'eft perdu, quelle eftrange nouuelle?

ALMAZAN.

Ouy ie tiens foubs mes fers cette ame criminelle,
De qui le defefpoir condamnant mon amour,
A voulu me priuer de la clarté du iour,
De fon defguifement la caufe m'eft cogneuë.

CLARIMONDE.

O Sainte verité montre toy toute nuë,
Vien Deeffe immortelle, & donne à l'innocent,
Contre la calomnie vn Azyle puiffant,
Sire, n'imputez rien au genereux Alcandre,

Bien loing de vous trahir il a sceu vous deffendre,
Et s'il n'eust auiourd'huy mes desirs combatus,
Soliment seroit libre & vous ne seriez plus.

ALMAZAN.

Tu veux de cet ingrat destourner l'infortune,
Par vne invention trop foible & trop commune.
Et c'est insolemment de ma grace abuser,
Que te feindre coupable afin de l'excuser.
Ce forfait auré merite le supplice,
S'il n'en est pas l'autheur il en est le complice,
Il mourra Clarimonde, & ne te flatte pas,
Tu n'as qu'vn seul moyen d'esloigner son trespas.

CLARIMONDE.

Quel?

ALMAZAN.

De souffrir la loy que ma flame t'impose:

CLARIMONDE.

Ce remede & sa mort seroient la mesme chose.

ALMAZAN.

Il peut soubs ta faueur ma clemence esprouuer.
CLARIMONDE.
Ma faueur le perdroit au lieu de le sauuer,

ALMAZAN.

Tu me refuses donc ? ô barbare !

CLARIMONDE.

O pariure !

ALMAZAN.

Rentre dans ton deuoir, soulage ma blessure,
Et pour n'estre à toy méme ingratte extremement,
Exempte du tombeau ton pere & ton Amant.

CLARIMONDE.

Peut-estre ils ne sont plus.

ALMAZAN.

Ils viuent, Clarimonde.

CLARIMONDE.

Ouy dans mon souuenir, mais non pas dãs le mõde.

ALMAZAN.

Qu'on les ameine icy, ie veux te presenter
Ces obiets que ton ame a droit de consulter,
Quand tu les auras veus i'apprendray de ta bou-
che,
Si comme leur salut ma passion te touche,

Ie veux auiourd'huy mesme ou les perdre ou guerir,
Resous toy d'estre mienne ou de les voir mourir.   Il sort.

CLARIMONDE.

Dures conditions où ie suis engagée,
Iustes Dieux si l'estat de mon ame affligée,
D'vn seul trait de pitié touche vos sentiments
Inspirez dans mon cœur de iustes mouuements,
Et toy ma Lydiane ayde moy ie te prie,
Viens guider ma raison dans l'aueugle furie,
Où ce lasche Tyran la voudroit abysmer.

LYDIANE.

Le chemin le plus court ce seroit de l'aymer.

CLARIMONDE.

Ce conseil est iniuste aussi bien qu'impossible.

LYDIANE.

Le mal de Solimont vous doibt rendre sensible,
Il faut sauuer vn pere.

CLARIMONDE.

Il faut perdre vn espoux?

LYDIANE.

Le sang & le deuoir combattent contre vous.

K iij

CLARIMONDE.

'Mon amour & ma foy s'arment à ma deffense

LYDIANE

Où seroit voftre honneur?

CLARIMONDE.

Où seroit ma conftance?

LYDIANE.

'Par des larmes de fang Solimont auiourd'huy
Vous demande le iour que vous tenez de luy.

CLARIMONDE.

Par des fouspirs de flame Alcandre me coniure
D'efgaler pour le moins l'Amour & la Nature,

LYDIANE.

Que refoudrez vous donc dans vn combat fi grand?

CLARIMONDE.

'Ma mort decidera ce fafcheux differend.'
Mais i'apperçoy mon pere,ô douleur fans feconde,
Ses fers me font mourir.

SCENE IV.

SOLIMONT fuiuy de quelques gardes
CLARIMONDE, LYDIANE.

SOLIMONT.

APproche Clarimonde,
Mais si tu n'as dessein d'augmenter mes douleurs,
Retiens pour quelque temps tes souspirs & tes
  pleurs;
I'excuse d'Almazan l'extreme tyrannie,
Puisque malgré l'excés de sa hayne infinië,
Au moins auant ma mort il m'accorde ce bien
D'vnir encor vn coup ton beau corps & le mien.
Ouure tes bras cheris, embrasse helas, embrasse
Ce pere infortuné, dont la fameuse race,
Est preste de s'esteindre, & n'a plus auiourd'huy
Que ta seule vertu d'esperance & d'appuy.

CLARIMONDE.

Ie cognois mon deuoir, & sçay bien qu'il m'ordonne
D'obseruer quelques loix que mon pere me donne,
Mais vn ressentiment que ie ne puis trahir

Me force pour ce coup à luy defobeyr.
Pourrois-ie m'en deffendre & refufer des larmes,
Au funefte fuccés de vos dernieres armes.
Et n'accompagner pas de fanglots redoublez,
La mort de vos Suiets foubs la foudre accablez ?
Laiffez moy foufpirer ;

SOLIMONT.

Ah ta douleur m'outrage,
C'eft dementir ton fang que manquer de courage,
Regarde nos malheurs d'vn œil ferme & conftant,
Pour les voir terminer il ne faut qu'vn inftant.

CLARIMONDE.

Quoy celuy de la mort ?

SOLIMONT.

Ouy dans cette efperance,
Les maux les plus cruels perdent leur violence,

CLARIMONDE.

Vn remede pourtant, mais Alcandre paroift.

SCENE IV.

SCENE V.

ALCANDRE suiuy de quelques gardes
CLARIMONDE SOLIMONT LYDIANE.

ALCANDRE.

IE viens belle Princesse executer l'Arrest,
Par qui l'iniuste Ciel veut que ie vous presente
D'vn homme desia mort la despoüille viuante.
Que recherche Almazan ? n'est ce point son dessein
Que vous plongiez vous mesme vn poignard dans
   mon sein?
Veut il que dans mon sang vostre main soit lauée?
Et qu'arrachant ce cœur où vous estes grauée,
Vous donniez à sa flame ou bien à son courroux,
Le pourtrait le plus beau qu'on fist iamais de vous ?

CLARIMONDE.

Chasse cette pensée, Alcandre si tu m'aymes,
Souuiens toy toutefois que les rigueurs extrémes,
Qu'excite dans son ame vn feu continuel,
N'ont pas contre ta vie vn dessein moins cruel.
Sire il faut qu'en trois mots, ah ce penser me tuë!
        L.

SOLIMONT.

Achene, sçais tu bien d'où vient cette entreueuë,
Et quel en est l'obiect?

CLARIMONDE.

Trop pour ma guerison,
En vn mot le Tyran qui vous tient en prison;
Me presente ses vœux, me menace, me presse,
Il me traitte en esclaue, il me traitte en maistresse,
Et dans sa passion, resolu de guerir,
Il veut me posseder ou vous faire perir.
Mais ie ne puis l'aimer ce Tyran, ce perfide,
Qui du sang & de l'or esgalement auide,
Ayant par son bon heur le vostre surmonté,
Triomphe insolemment de nostre liberté.

SOLIMONT.

Tu peux briser les fers de ce dur esclauage,
S'il adore l'esclat qui brille en ton visage,
Et plus forte qu'vn Camp de bataillons espaix
Nous rendre par tes yeux la victoire, & la paix.
C'est à toy d'y penser.

CLARIMONDE.

Cette paix criminelle
Produiroit dans mon ame vne guerre immortelle.

SOLIMONT.

Tu serois nostre port.

CLARIMONDE.

Ie serois mon escueil.

SOLIMONT.

Tiroü dans mes Estats,

CLARIMONDE.

Et moy dans le cercueil.

SOLIMONT.

Ah n'y pensons donc plus! ce n'est pas mon enuie
De rachetter mon sceptre aux depends de ta vie:
Quoy que souffre ce corps accablé de liens,
I'ayme encore tes iours beaucoup plus que les miens,
Laisse moy donc mourir ma fille, & considere
Qu'aussi bien t'immolant pour conseruer ton pere,
Tu ne conseruerois qu'vn sepulcre mouuant,
Vne mort animée, vn squelette viuant,
Ie sens desia sur moy les rigueurs de la Parque,
Pour passer l'Archeron i'ay le pied dans la barque,
Et puisque ie suis prest de descendre aux Enfers,
Qu'importe de partir du throsne ou de mes fers.

CLARIMONDE.

Helas que dittes vous, ce penser est coupable,
De tant d'impieté ie ne suis point capable,
Dans cette opinion vostre esprit s'est deceu :
Non non ie vous rendray le bien que i'ay receu,
Mais l'estrange combat que ie sens dans mon ame,
Deuoir, Nature, honneur, foy seruices & flame,
Respect, Amour, ô Dieux !

ALCANDRE.

Ah ne contestez plus.
Vostre cœur fait pour moy des efforts superflus,
C'est trop deliberé, c'est trop de resistence,
La nature s'en plaint, le deuoir s'en offense,
Et c'est à mon aduis peser trop longuement
Le merite d'vn pere & celuy d'vn Amant.
Cedez à la pitié, ce vieillard vous implore,
Les traces de ses pleurs qui paroissent encore,
Par vn discours muet semblent vous coniurer,
De haster le secours qu'il a droit d'esperer,
Prononcez donc Madame, vn arrest equitable,
Preferez vostre gloire aux soings d'vn miserable,
Qui dans le precipice où le sort l'a ietté,
Est puny iustement de sa temerité.

CLARIMONDE.
Ton courage me plaist, mais ce conseil me tuë,

Et malgré les reſpects dont ie ſuis combattuë,
Dans l'excés de ma flame, & de mon deſeſpoir,
Ie ſuis preſte à trahir le ſang & le deuoir.

ALCANDRE.

Ah ne le faittes pas, genereuſe Princeſſe,
Vn ſceptre vous attend & Solimont vous preſſe
De ioindre a ſes ſouſpirs les charmes de vos yeux,
Pour luy rendre le troſne où regnoient ſes Ayeulx.
Vous tenez trop long-temps ſon eſprit en balance,
Quoy qu'exigent de vous l'Amour & la conſtance
Il n'eſt rien ſi preſſant que de le ſecourir.
Ie ne merite pas,

CLARIMONDE l'interrompant.

Ah tu me fais mourir!
Dures extremitez, neceſſité cruelle,
De me noircir du nom d'impie, où d'infidelle.
Et bien ie vay trahir mes plaiſirs & ma foy,
Lydiane? mais non.

LYDIANE.

Que voulez vous de moy?

CLARIMONDE.

Rien, toutefois approche, en vain ie le differe,
Mon honneur s'intereſſe au ſalut de mon pere,

L iij

Va trouuer Almazan.

LYDIANE.

Pour luy dire?

CLARIMONDE.

Bons Dieux!
Faut il que ie m'explique autrement que des yeux?
Que pourueu qu'il nous rende & la paix & l'Em-
pire,
Mon ame est disposée à tout ce qu'il desire.

SOLIMONT.

O fauorable Arrest, croy ma fille qu'vn iour
Le Ciel recognoistra cette marque d'amour,
Adieu i'ose esperer que ton obeissance,
Auant qu'il soit long-temps aura sa recompense.

CLARIMONDE.

Et bien es-tu content?

ALCANDRE.

Ouy si vous permettez
Qu'au milieu de la pompe & des prosperitez,
Et parmy les grandeurs où vous deuez pretendre,
Vostre cœur pousse encore vn souspir pour Alcandre.

CLARIMONDE.

C'est le moins que ie dois.

ALCANDRE.

        C'est le plus que ie veux,
Ce foible fouuenir me rendra trop heureux,
Iufqu'à ce que l'ennuy de perdre Clarimonde,
M'ait priué d'vne vie en mal heurs ſi feconde.

CLARIMONDE.

Ne hafte point ce temps, Adieu, confole toy,
Et ne m'accufé pas de te manquer de foy:
Tu fçais que i'obeys.

ALCANDRE.

        Vous n'auez rien à craindre
Quand il faudra mourir, ie mourray fans me plain-
   dre.

ACTE V.
SCENE PREMIERE.

ALMAZAN, SOLIMONT.

ALMAZAN.

NE renoūuellons plus ce fafcheux ſoūuenir,
Cherchons d'autres ſuiets à nous entre-
tenir.
Qu'auſſi bien Solimont m'accuſe ou me ſoupçonne
D'auoir ſans fondement vſurpé ſa couronne,
S'il veut de ſes mal heurs la cauſe diuertir,
Il doit eſtre content de voir mon repentir.
Ie ſuis preſt de luy rendre & ſon ſceptre, & ſa gloire,
Preſents que i'ay receus des mains de la victoire,
Et de iurer icy, mais ſolemnellement,
Vne paix dont le cours dure eternellement.
Puiſque cette Beauté qui vous doit ſa naiſſance
Veut bien de mes exploits eſtre la recompenſe,
C'eſt le prix que ie cherche, & ſa poſſeſſion
Peut aſſouuir ma flame & mon ambition.

SOLIMONT.

SOLIMONT.

Clarimonde euſt paru doublement criminelle,
De meſpriſer l'ardeur dont vous bruſlez pour elle,
Et ie ſuis trop heureux de voir que ſa vertu,
Releue la ſpendeur de mon throſne abbatu :
A vos contentements toutes choſes ſont preſtes,
Ie cede à vos deſirs ainſi qu'à vos conqueſtes,
Et ſuis preſt comme vous de iurer vne paix,
Que la ſuitte des temps n'interrompe iamais.

ALMAZAN.

Ne differons donc plus ce merueilleux ouurage,
Eſtouffons dans l'oubly l'inſolence & l'outrage,
Pardonnons toute choſe, & faiſons à ce iour
D'vne hayne mortelle vne immortelle amour.
I'atteſte de mes Dieux la puiſſance ſupreme.

Ils meſlent leurs mains l'vne dans l'autre.

SOLIMONT.

I'appelle tous les miens & les iure de meſme.

ALMAZAN

Que de ma volonté,

SOLIMONT.

Ny de la mienne auſſi.
M.

ALMAZAN.

Cet accord ne rompra.

SOLIMONT.

Le Ciel le vueille ainsi.

ALMAZAN.

Argiran prends le soing d'enchaisner les furies,
Va faire en ses Estats cesser nos barbaries,
Puisque de tant de maux dont ce peuple est attaint
Le sujet importun est à iamais esteint.

ARGIRAN.

C'est trop recompenser mes seruices fidelles,
Que me rendre porteur de si bonnes nouuelles.

ALMAZAN.

Tu partiras demain.

ARGIRAN.

S'il vous plaist dés ce soir.

ALMAZAN.

Souuiens toy d'adiouster à ce premier deuoir
Le soin de publier sur la terre & sur l'onde,
Le coup que i'ay receu des yeux de Clarimonde.

Dy que ma patience a vaincu son courroux,
Et qu'enfin de Tyran ie deuiens son espoux,
Va mettre à ton despart les ordres necessaires.
Mais ie les voy briller ces puissants aduersaires:
Ces beaux yeux dont l'esclat rayõnant de splendeur,
Confond la modestie auecques la grandeur,
Ils viennent s'esiouyr d auoir brisé vos chaisnes.

Argiran
soit.

SCENE II.

SOLIMONT, CLARIMONDE, LYDIANE, ALMAZAN.

SOLIMONT.

NOus voicy Clarimonde à la fin de nos peynes,
Et ton obeissance à mes iustes desirs,
Nous va combler tous deux de gloire & de plaisirs;
Reprends ta gayeté, fay montre de tes charmes,
Laisse enfin espuiser la source de tes larmes,
Et voyant ton bon-heur & mon contentement,
Admire la bonté d'vn vainqueur si clement.

CLARIMONDE.

Dans le bien de vous voir hors de la seruitude,
Ie sçay que ie ne puis sans trop d'ingratitude,
Ne benir pas la main par qui le suis fort

M ij

Vous porte du naufrage aux delices du port.
Mais certes ie le dis, & sans doute à ma honte,
Si de vos interests ie tenois moins de conte,
La gloire & le bon-heur dont vous flattez mes sens,
Auroient pour me toucher des charmes impuis-
 sants,
C'est pour vous seulement que ie les considere,
En vous ie les cheris, & si i'estois sans pere,
Ie rirois des desseins que l'on a resolus,
Et viurois innocente ou ie ne viurois plus.

ALMAZAN.

Qu'est cecy ma Princesse & d'où vient ce nuage
Dont la sombre vapeur couure ce beau visage?
Quel orage nouueau trouble mal à propos
Le calme de ma ioye & de vostre repos ?
D'où vient que ces beaux yeux veulent parmy les
 larmes
Esteindre la puissance & le feu de leurs charmes ?
Ah c'est trop souspiré, commencez à iuger,
Qu'il n'est rien auiourd'huy qui vous doiue affliger;
Vous n'entendrez iamais l'effroyable tonnerre,
Dont nos bras se seruoient dans l'horreur de la
 guerre,
Puisque par des serments qui ne sont point sus-
 pects,
Nous auons fait vn vœu d'alliance & de paix:

Chaſſez donc ce regret dõt vous ſemblez attainte,
Et faiſant ſucceder l'eſperance à la crainte,
Preparez vous Madame, à vous voir couronner
Des tiltres les plus beaux qu'vn Roy puiſſe donner.

CLARIMONDE.

Ces tiltres eſclattants , ces qualitez pompeuſes
Ne ſont qu'vne chimere aux ames genereuſes ,
Et qu'vn fantoſme vain dont l'eſclat ſuborneur
N'a iamais pû donner vn ſolide bon-heur.
Ah ! s'il m'eſtoit permis d'expliquer ma penſee,
Ie dirois que l'ennuy dont ie me ſens preſſee
Demande pour guerir des remedes meilleurs.

ALMAZAN.

S'ils dependent de moy n'en cherchez point ailleurs,
Pourueu que mon amour ne ſouffre point d'iniure,
I'atteſte en ce moment les Dieux & la nature,
De ne rien eſpargner pour voſtre gueriſon.

CLARIMONDE.

S'il eſt vray, retirez Alcandre de priſon :
Quoy qu'on ait allegué contre ſon innocence,
Il n'a d aucun forfait ſoüillé ſa conſcience,
Il n'a iamais trahy ſon Roy ny ſon deuoir,
Et quand on l'a ſurpris il venoit de me voir.
S'il perd pour ce ſuiect l'honneur de voſtre eſtime.

Il faut que sa vertu soit prise pour vn crime,
Puisque son respect seul, & mon commandement
Ont fait nostre entreueuë, & son desguisement.
Grand Roy, ne souffrez pas si ie luy doibs la vie,
Que pour me trop aymer la sienne soit rauie,
C'est le moindre deuoir où m'engage sa foy,
Que de faire pour luy ce qu'il a fait pour moy :
Soyez enfin sensible au remords qui vous pique,
Rendez, rendez l'honneur à cette ame heroique,
Et si vous le priuez du fruit de son amour,
Laissez luy pour le moins l'innocence & le iour.
Quoy que pour vous toucher ce soient de foibles
    armes,
I'appelle à son secours mes souspirs & mes larmes,
Pardonnez,

ALMAZAN.

Clarimonde helas que faites vous ?

CLARIMONDE.

Grand Prince ie presente Alcandre à vos genoux,
Celle qui vous implore est en luy transformée,
Et cette foible voix par la sienne animee,
Ose vous coniurer de finir son mal'heur
Par le ressouuenir qu'on doit à sa valeur :
Armez vostre bonté contre son infortune,
C'est la seule faueur dont ie vous importune,

Si voſtre Majeſté peut m'accorder ce poinct,
Poſſedez, triomphez, ie ne reſiſte point.

ALMAZAN.

Madame, c'eſt aſſez, quand il ſeroit coupable
Des crimes les plus noirs dont l'Enfer eſt capable,
Et quand i'aurois cent fois reſolu ſon treſpas,
Les pleurs que vous verſez deſarmeroiët mon bras:
Ne vous affligez plus, ie cede a voſtre enuie,
Auec ſa liberté te vous donne ſa vie,
Et bien loing de ſonger à le vouloir punir,
Quelque mal qu'il ait fait i'en perds le ſouuenir.
Mais ſans nous amuſer à des diſcours friuoles,
Il faut que les effects ſuccedent aux parolles,
Ie vay vous l'enuoyer, cependant permettez
Que ie haſte le temps de mes proſperitez,
Et que de vos rigueurs ayant eu la victoire
Cette prochaine nuict ſoit le iour de ma gloire.

Ils ſortent.

CLARIMONDE.

Déplorable moment, fatale obſcurité,
Abyſme où mon bon-heur ſera précipité,
Que ne m'eſt-il permis au lieu d'eſtre infidelle,
De préuenir ta nuict d'vne nuict eternelle?
Mais qui peut l'empeſcher ? eſt-il rien d'aſſez fort
Pour deſtourner mes pas du chemin de la mort?
Non, non, ſi ie le veux, le fer, les precipices,

La flame & le poison finiront mes supplices.
Quoy que fasse le sort pour estendre mes iours,
Il est en mon pouuoir d'en terminer le cours.
Par pitié Lydiane, vse d'vn peu d'addresse,
Pour armer d'vn poignard la main de ta maistresse
Afin que mon trespas & iuste & genereux
Preuienne du Tyran le triomphe amoureux.

LYDIANE.

Quelle commißion, quelle estrange pensee
Pouuez vous bien me croire à ce poinct insensee,
Que de fauoriser ce coupable dessein?
Plustost ie plongerois ce poignard dans mon sein.

CLARIMONDE.

Tu m'abandonnes donc?

LYDIANE.

Pardonnez moy Madame.

CLARIMONDE.

Aux extremes douleurs qui trauaillent mon ame,
Refuser vn secours que tu peux me prester,
N'est-ce pas me trahir? n'est ce pas me quitter?

LYDIANE.

Ne pouuoir consentir à faire vne injustice

D'vn

D'vn aueugle transport n'estre pas le complice,
Et de vos desespoirs la fureur arrester,
Ce n'est point vous trahir, ce n'est point vous quit-
ter.

CLARIMONDE.

L'office que tes soings refusent de me rendre
T'accuse; mais c'est trop te voy venir Alcandre,
Va, say ce que i'ay dit, si tu veux m'obliger.

LYDIANE en s'en allant.

Feignons le pour le moins de peur de l'affliger.

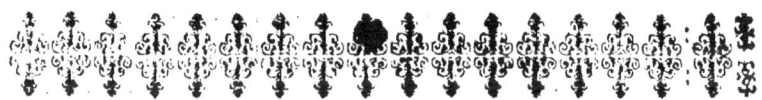

SCENE III.

ALCANDRE, CLARIMONDE.

ALCANDRE.

Affranchy de prison & libre en apparance,
Ie viens rendre les vœux de ma reconnois-
sance
A la diuinité, qui d'vn œil genereux
A daigné regarder le sort d'vn mal heureux,
Ie viens vous presenter soubs des fers inuisibles,
Vn cœur pour qui les Cieux paroissent insensibles,

N.

Et fur qui le deftin refpand à pleines mains
Tout le mal dont fa hayne accable les humains:
Dans cet eftat meflé de faueur, de difgrace,
A quoy m'at-on foufmis? que faut il que ie faffe?
Pour rendre mon mal'heur plus horrible & plus
    noir,
Veut on point que mes yeux faffent mon defefpoir,
Et que ma propre main baftiffe les trophées,
Où mes felicitez doiuent eftre eftouffées?
Enfin pour me combler d'vn regret immortel,
N'at-on point refolu que ie pare l'autel,
Où l'on doit immoler l'adorable victime,
Qu'on auoit deftinée à mon feu legitime?
Ah funefte moment!

CLARIMONDE.

         Ah cruel fouuenir!
Mais ce triomphe Alcandre eft encore à venir,
Croy que fi i'ay forcé ta prifon importune,
Ie l'ay fait, pour mefler a ta trifte fortune
Le plaifir de fçauoir qu'en voyant ton mal'heur,
Ie meurs efgalement d'amour & de douleur.
Ie t'ayme, cher Alcandre, & le Ciel qui m'efcoute
Scait bien qu'en cet inftant tu me poffedes toute:
Pleuft aux Dieux feulement que ton front fuft
    orné
Des myrthes dont le Roy veut eftre couronné.

Mais puis qu'il ne se peut, console toy, ma vie,
Au bon-heur qu'il pretend ne porte point d'enuie,
Puisque ma passion triomphant de ma foy
Ne luy laisse qu'vn corps de qui l'ame est à toy.
Son amour de la mienne aura de foibles marques,
Son prix sera le prix & des vers & des Parques,
Mais le tien surmontant mille siecles diuers,
Verra viure sa flame, & mourir l'vniuers.

ALCANDRE.

Cette faueur, Madame, excede mon merite,
Mais celle dont mon cœur vos bontez solicite,
Si vous me l'accordez me rendra desormais
Le plus heureux Amant qui souspira iamais.

CLARIMONDE.

Que veux tu mon Alcandre?

ALCANDRE.

Helas ie ne desire
Ny de voir dans mes mains les resnes d'vn empire,
Ny de monter au throsne où ie vous voy courir,
Tout ce que ie demande est de pouuoir mourir.

CLARIMONDE.

Mourir! ah ne croy pas que mon cœur y consente,
Quelques fascheux ennuis que ton ame ressente,

Ton courage plus fort que ton aduersité,
Doit faire vne vertu de la necessité,
N'attente rien sur toy, cherche dans les batailles,
Apres vn beau trespas, d'illustres funerailles,
Ou si tu veux mourir par vn coup violent,
Attends que ie t'en donne vn exemple sanglant.

ALCANDRE.

Madame, ie vay donc aux deux bouts de la terre
Chercher quelques Climats où l'on fasse la guerre,
Glorieux si ie puis tomber en mesme iour,
Victime tout ensemble & de Mars & d'Amour.
Ainsi pour vne absence eternelle & funeste,
Prendre congé de vous est tout ce qui me reste.
Adieu donc ma Princesse, adieu tous mes plaisirs,
Adieu le seul obiect de mes chastes desirs ;
Si ma flame chez vous trouue encor quelque grace,
Excusez son ardeur, excusez mon audace,
Vous voyez que le Ciel iustement irrité
Ne vous vange que trop de ma temerité.
Viuez, regnez heureuse :

CLARIMONDE.

Alcandre tu me quittes,
Que le gouffre est profond où tu me precipites,
Tu me quittes Alcandre, ô triste & dure loy !

ALCANDRE.

Vous l'ordonnez, Madame,

CLARIMONDE.

Helas ce n'eſt pas moy,
C'eſt de nos fiers deſtins l'arreſt irreuocable,
Qui fait de ton deſpart vn mal ineuitable.

ALCANDRE.

Ie pourrois l'euiter en acheuant mon ſort.

CLARIMONDE.

N'importe i'ayme mieux ton deſpart que ta mort.

ALCANDRE.

L'vn eſ l'autre pour moy ſont vne meſme choſe,
Mais puiſqu'il faut fleſchir ſous le ioug qu'on
*   m'impoſe:*
Ie vay loing de vos yeux ſouſpirer mes ennuis,
Dittes moy ſeulement vn Adieu,

CLARIMONDE.

Ie ne puis.

ALCANDRE.

Ah tranſport!

N iij

CLARIMONDE.

Ah douleur!

ALCANDRE.

Madame..

CLARIMONDE.

          Mon Alcandre,
Mais c'est trop resister, il est temps de se rendre,
Tu cognois par ma voix bien moins que par mes
    yeux,
Ce que souffre mon ame en ces derniers Adieux.
Va, songe aux desplaisirs que ton despart me laisse,
Adieu! mon cher Alcandre.

ALCANDRE.

         Adieu belle Princesse,

CLARIMONDE seule.

Tu pars cher obiect que i'adore,
Tu pars delices de mes yeux:
Respect tyran pernicieux,
N'es tu point satisfait encore,
Voy l'estat deplorable où ta loy me reduit,
Et parmy les transports que ma rage produit,
Permets que ie contente vne fois mon enuie,

Alcandre tu sçauras par ce dernier effort,
Que comme ta presence estoit toute ma vie,
Ton absence sera la cause de ma mort,
Ie te perds, mais que voy-ie ?

SCENE IV.

LYDIANE, CLARIMONDE.
LYDIANE.

AH *bons Dieux.*

CLARIMONDE.

Lydiane ?

LYDIANE.

Tout est perdu.

CLARIMONDE.

Comment ?

LYDIANE.

Vn perfide, vn profane,
Esgalement poussé d'amour & de fureur
Fait du Palais Royal vn theatre d'horreur,

En vn mot Melidor suiuy de ses cohortes
A pû se faire iour dans les premieres portes,
Les chefs qu'en sa faueur le traistre a corrompus
Ont si bien combattu qu'on ne les attend plus;
A peine de nos gens ce qui reste en deffense,
Au bas de l'escalier fait quelque resistance,
Almazan repoussé ne sçait où recourir,
Solimont comme luy ne s'attend qu'à mourir,
Le tonnerre est tout prest d'esclatter sur leur teste;
Et si vous ne fuyez vous serez la conqueste
De ce desesperé ; qui pour vous seulement
A porté son esprit dans ce desreglement.

CLARIMONDE.

Ou fuïr Lydiane ?

LYDIANE.

Ou fuïr ? il n'importe.
Mais i'entends vn grand bruit on force cette porte,
Ne deliberez plus cherchons où nous cacher.

SCENE V.

SCENE V.

ALMAZAN, SOLIMONT.

ALMAZAN.

EN fin puifqu'il n'eft rien qui le puiffe toucher,
Et que fa trahifon en meurtres fi feconde
Ne fe peut affouuir qu'en m'oftant Clarimonde,
Attendons en ce lieu ce rebelle fubiect,
Et mourons ou vangeons fon coupable proiect.

SOLIMONT.

Se vanger ? ah deffein tout à fait inutile !
Ce nombre de foldats forceroit vne ville,
A plus forte raifon ce Pallais efcarté,
Où d'eftre fecouru l'efpoir vous eft ofté,
Nous deuions acheuer d'expofer nos perfonnes,
Peut-eftre qu'à la fin l'efclat de nos couronnes
Euft touché de refpect leur courage inhumain,
Et leur euft fait tomber les armes de la main.

ALMAZAN.

Que tarde leur fureur, que ne vient cet infame
Acheuer par ma mort fon infidelle trame?

O

Mais d'où vient qu'Argiran paroit tout resiouy?

SCENE VI.

ARGIRAN, ALMAZAN, SOLIMONT.

ARGIRAN.

Sire, ne craignez plus, vn miracle inouy
Vient de sauuer l'Estat.

ALMAZAN.

Ah Dieux quelles nouuelles !

ARGIRAN.

Melidor tout percé de blessures mortelles
N'a plus pour vous troubler ny force ny vigueur,
Ses gens sont dissipez, ils ont manqué de cœur,
Et sa cheute auiourd'huy fatale à ses complices,
Leur laisse pour butin la honte & les supplices.

ALMAZAN.

Quelle diuinité nous a donc assistez?

ARGIRAN.

Sire le seul Alcandre a ses Monstres domptez.

ALMAZAN.

Alcandre ?

ARGIRAN.

Ouy sa valeur a brisé tous obstacles,
Et pour vous garentir il a fait des miracles.
Desia dans le degré Melidor triomphoit,
Quand ce ieune vainqueur que le deuil estouffoit,
Paroissant tout à coup, & nous donnant courage
Parmy vos ennemis s'est ouuert vn passage.
Vous raconter icy les exploits qu'il a faits,
Ce seroit vn discours à ne finir iamais,
Il suffit qu'affrontant cet ingrat, & ce traistre,
Apres vn dur combat il s'en est rendu maistre ;
De sorte que l'ayant à ses pieds terrassé
L'exemple de sa mort tout le reste a chassé.

SOLIMONT.

O courage admirable ! ô valeur nompareille!

ALMAZAN.

O recit qui me flatte, & l'esprit & l'oreille !
Donc si i'ay du repos Alcandre en est l'autheur,

O ij

Donc qui deuroit me perdre est mon liberateur?

ARGIRAN.

Melidor tout mourant montre d'auoir enuie
D'exhaler deuant vous les restes de sa vie,
Vous plaist il, mais il vient.

SCENE VII.

MELIDOR, ALMAZAN, SOLIMONT.

MELIDOR.

Accablé de remords,
Et blessé dans mon ame aussi bien qu'en mon corps,
Sire, ie viens icy pour mettre en euidence
Vn tort que l'imposture a fait à l'innocence,
Alcandre deuant vous faussement accusé
M'a luy mesme puny du forfait imposé,
Et son bras me couurant de mortelles blessures
A voulu que mon sang expiast mes iniures :
Pardonnez, punissez, tout m'est indifferent,
Ie ne sçaurois souffrir de supplice bien grand
Puisque ie sens le trait dont la fatale attainte
Affranchit les mortels & de peyne & de crainte.

Ie n'en puis plus, ie meurs.

ALMAZAN.

Oſtez le de mes yeux
Ce traiſtre qui naſquit à la honte des Cieux ,
Qu'on en face vn ſpectacle horrible à la Nature
Qu'il n'ait larmes ny vœux, deuoir ny ſepulture,
Et qu'au lieu de cercueil le deuorant corbeau,
Et le loup affamé luy ſeruent de tombeau.
Cependant qu'on me cherche Alcandre & Clari-
monde,
Que mon reſſentiment à ſa faueur reſponde,
Il m'a ſauué la vie, il m'a ſauué l'honneur,
Ie luy dois mon ſalut, ie luy dois mon bon-heur?
Ah rentre dans toy meſme, & repens toy mon ame
D'auoir fait vne iniure à ſa pudique flame.

O iij

SCENE VIII.

ALMAZAN, CLARIMONDE, LYDIANE,
SOLIMONT, ARGIRAN.

ALMAZAN.

Mais voicy Clarimonde , ah ne souspirez
plus ,
Les pleurs & les regrets sont enfin superflus,
Le Ciel & ma raison vous redonnent Alcandre.

CLARIMONDE.

O Dieux quel changement! & que viens-ie d'entendre?

ALMAZAN.

La mesme verité , mais ie le voy venir.

SCENE DERNIERE.

Embrasse nous Alcandre, & perds le souuenir

Des ennuis importans dont i'ay troublé ta vie,
De mille repentirs mon offense est suiuie,
Et tu me vois tout prest a te rendre ton bien,
Grand Prince permettez que mon prix soit le sien
Qu'auiourd'huy Clarimonde a mes vœux destinee
Contraste auec Alcandre vn plus doux hymenee
Pour le recompenser de m'auoir conserué,
Ie luy donne apres moy l'Estat qu'il asauué,
Ie l'adopte à l'empire, & veux qu'en sa personne
Le Ciel vnisse enfin l'vne & l'autre couronne,
N'y consentez vous pas ?

ALCANDRE.

Ah Sire,

SOLIMONT.

C'est assez,
Alcandre il faut payer vos seruices passez,
Vos vertus dont le bruit va charmer tout le monde
Meriteroient vn prix plus grand que Clarimonde,
Ie vous donne auec elle & mon sceptre & ma foy.

ALCANDRE.

Madame.

CLARIMONDE.

Mon Alcandre.

ALCANDRE.

Est ce vous ?

CLARIMONDE.

Est ce toy ?

ALMAZAN.

Il for-
tent. *Laissons les Solimont enyurer de delices.*

ALCANDRE.

Helas qu'à vos bontez ie dois de sacrifices,
Mais dàs ce doux transport où vous m'auez ietté
Ie manque de respect & de ciuilité:
Sire,

LYDIANE.

Ils sont disparus.

ALCANDRE.

Ah c'est trop de paresse,
Pour les remercier, suiuons les ma Princesse.

CLARIMONDE.

Suiuons les mon Alcandre, & de vœux immortels
Allons remplir la terre & charger nos autels.

FIN.

www.ingramcontent.com/pod-product-compliance
Lightning Source LLC
Chambersburg PA
CBHW060827250626
47162CB00005B/1975